CREPÚSCULO DOS ÍDOLOS

Copyright da tradução e desta edição © 2020 by Edipro Edições Profissionais Ltda.

Título original: *Götzen-Dämmerung oder Wie man mit dem Hammer philosophirt*. Publicado originalmente na Alemanha em 1888. Traduzido com base na 1ª edição.

Todos os direitos reservados. Nenhuma parte deste livro poderá ser reproduzida ou transmitida de qualquer forma ou por quaisquer meios, eletrônicos ou mecânicos, incluindo fotocópia, gravação ou qualquer sistema de armazenamento e recuperação de informações, sem permissão por escrito do editor.

Grafia conforme o novo Acordo Ortográfico da Língua Portuguesa.

1ª edição, 2020.

Editores: Jair Lot Vieira e Maíra Lot Vieira Micales
Coordenação editorial: Fernanda Godoy Tarcinalli
Produção editorial: Carla Bitelli
Edição de textos: Marta Almeida de Sá
Assistente editorial: Thiago Santos
Preparação de texto: Thiago de Christo
Revisão: Marta Almeida de Sá
Capa e diagramação: Estúdio Design do Livro

Dados Internacionais de Catalogação na Publicação (CIP)
(Câmara Brasileira do Livro, SP, Brasil)

Nietzsche, Friedrich, 1844-1900.

    Crepúsculo dos ídolos : ou Como filosofar com o martelo / Friedrich Nietzsche ; tradução, introdução e notas Saulo Krieger. – São Paulo : Edipro, 2020.

    Título original: Götzen-Dämmerung oder Wie man mit dem Hammer philosophirt.
    ISBN 978-65-5660-001-7 (impresso)
    ISBN 978-65-5660-002-4 (e-pub)

    1. Filosofia 2. Nietzsche, Friedrich Wilhelm, 1844-1900 I. Krieger, Saulo. II. Título. III. Título: Como filosofar com o martelo.

20-35860   CDD-100

Índice para catálogo sistemático:
1. Filosofia 100

Maria Alice Ferreira – Bibliotecária – CRB-8/7964

São Paulo: (11) 3107-4788 • Bauru: (14) 3234-4121
www.edipro.com.br • edipro@edipro.com.br
@editoraedipro   @editoraedipro

O livro é a porta que se abre para a realização do homem.

Jair Lot Vieira

FRIEDRICH NIETZSCHE

CREPÚSCULO DOS ÍDOLOS
ou Como filosofar com o martelo

Tradução, introdução e notas
SAULO KRIEGER
Filósofo graduado pela USP, doutor pela Unifesp,
bolsista Capes na Université de Reims, na França.
Membro do Grupo de Estudos Nietzsche (GEN) e pesquisador das
relações entre processos inconscientes e conscientes na obra de Nietzsche.
É professor de filosofia do Departamento de Filosofia da Universidade
Estadual do Centro-Oeste (Unicentro, no Paraná) e tem publicado
artigos em revistas científicas.

INTRODUÇÃO
CREPÚSCULO DOS ÍDOLOS:
A SÚMULA TRANSFIGURADA

I. A OBRA EM MEIO A PROJETOS ABANDONADOS

A obra de Nietzsche compreende uma série de projetos abandonados ou muitas vezes rearranjados, decompostos, a ganhar outro corpo, em geral menor, outro nome que, de modo geral, mais diga respeito à sua contundência. Obras concebidas a princípio de determinada maneira acabam por vir à lume de outra forma. Ou nem vêm a público. Por exemplo, no início de sua produção Nietzsche pretendia compor obra chamada *O livro do filósofo* (*Philosophenbuch*), com uma série de escritos chamados *Estudos teóricos* (*Theoretische Studien*) mais uma parte histórica – e esta efetivamente nos chegou, como *A filosofia na época trágica dos gregos*. Um outro caso, as *Considerações extemporâneas* conteriam ainda uma *Quinta consideração extemporânea*, intitulada *Nós, filólogos*, que não vingou. Para trazer um exemplo do período tido canonicamente por "intermediário", ou "iluminista", o filósofo pretendeu juntar *Humano, demasiado humano* – incluindo seus dois apêndices (*Máximas, opiniões e sentenças diversas* e *O andarilho e sua sombra*) – com as obras subsequentes, quais sejam *Aurora* e o que viria a ser *A gaia ciência*, numa edição única em dois volumes, que ele cogitou chamar *Vademecum Vadetecum* e, logo depois, *A relha do arado* (*Pflugschar*). A própria obra *A gaia ciência* foi inicialmente pensada como obra conjunta a *Aurora* – a mesma *A gaia ciência* que viria a receber um quinto livro em sua segunda edição, de 1887. No caso de *Assim falou Zaratustra*, a obra foi sendo publicada à medida que cada qual de suas quatro partes era concebida e redigida pelo filósofo, e ao mesmo tempo que o editor era convencido (ou não) a publicá-las ou que o próprio Nietzsche arcava com as publicações.[1] Ele fica tentado a descumprir a promessa de que a quarta parte do *Zaratustra* seria a "quarta e última parte", como fez questão de fazer constar na obra.[2]

---

1. Cf. MARTON, S. "O eterno retorno do mesmo. 'A concepção básica de *Zaratustra*'". In: *Cadernos Nietzsche*, v. 37, n. 2, p. 31.
2. Ibidem.

6 FRIEDRICH NIETZSCHE

A coroar essa série de arranjos e rearranjos, porém, o *Crepúsculo dos ídolos* talvez seja o fruto dos maiores remanejamentos. Juntamente com *O anticristo*, resultou de duas tetralogias abandonadas, a saber, *Vontade de potência (Wille zur Macht)* e, na sequência, *Transvaloração de todos os valores (Umwerthung aller Werthe)*. Sobre a primeira tetralogia que ele teve em mente, *Vontade de potência*, ressalte-se que não se trata do livro que ainda vez por outra se publica – lamentavelmente, aliás –, resultado de uma falsificação grosseira da irmã do filósofo, Elisabeth Förster--Nietzsche, então responsável por seus arquivos. Trata-se meramente de esboços, projetos e escritos, todos datando de 1885 ou 1886, com os quais Nietzsche pretendia compor uma obra com esse nome, a constituir-se de quatro livros:

I. O perigo dos perigos (caracterização do niilismo);
II. Crítica dos valores;
III. O problema do legislador;
IV. O martelo (o meio para a sua tarefa).

O projeto será abandonado em algum momento entre os dias 26 de agosto e 3 de setembro do prolífico ano de 1888 – o último da produção intelectual do filósofo –, em favor de outra tetralogia, *a Transvaloração de todos os valores (Umwerthung aller Werthe)*. Essa tetralogia se faria compor dos seguintes livros:

I. O anticristo;
II. O espírito livre;
III. O imoralista;
IV. Dioniso.

Quanto ao projeto da *Transvaloração*, que a tudo isso abarcava, ficou restrito àquele que originariamente era o primeiro livro da tetralogia: *O anticristo*. E com extratos do material da *Transvaloração* – que um dia foram da tetralogia *Vontade de potência* –, Nietzsche compôs o que ora apresentamos como o *Crepúsculo dos ídolos*. Foi desse modo que, se a *O anticristo* coube o privilégio de ser o primeiro livro do projeto da transvaloração e de poder ser diretamente associado a ele, ao seu irmão gêmeo, o nosso *Crepúsculo dos ídolos*, parecia caber função mais modesta, de súmula de sua filosofia, simples balanço do que fizera até ali.

INTRODUÇÃO 7

II. A OBRA E SEUS TÍTULOS – IRONIAS LINGUÍSTICAS

Quer incorpore de fato uma função mais modesta, ou, pelo contrário, se constitua em nódulo inarredável da avançada maturidade nietzschiana, o certo é que a obra não se pretende isenta de provocações – a começar pelo título. No momento de passagem do projeto de *Vontade de potência* para o da *Transvaloração dos valores*, o escrito que viria a ser o *Crepúsculo* foi designado *Ociosidade de um psicólogo* (*Müssigang eines Psychologen*). Título abandonado, pois sim, mas compreender o seu sentido nos proporciona uma chave para compreender a obra que resultou. Nietzsche se dizia psicólogo, mas de que *psicologia* se trata? Ele jamais aceitou categorias prontas e acabadas, tomadas de empréstimo do meio que o cerca, seja ele acadêmico, seja cultural. O psicólogo a que se propõe é de outra estirpe e tem outra estatura. É o psicólogo das profundezas, não o da consciência, que para ele é superfície,[3] mas um psicólogo que na verdade é *fisiopsicólogo*, como ele refere em *Além do bem e do mal*, § 23, a implodir as fronteiras estanques entre fisiologia e psicologia. É psicólogo à medida que é ao mesmo tempo fisiólogo, e as profundezas a que atenta não são da ordem do etéreo nem do transcendente, e, sim, dizem respeito a processos pulsionais.

Se "pulsionais" evidentemente remetem a "impulsos", devemos de antemão perguntar, afinal, o que são? O que seria a imanência dos impulsos? Tomando-se como referência a instintualidade, que nos é mais familiar, os impulsos são processos mais profundos que os instintos, pois estes já são agrupamentos de impulsos com formação de memória, ou seja, grupos de impulsos que padronizaram certa modalidade de interação com o meio circundante. Uma vez que mais profundos, os impulsos são também mais abstratos, ou seja, eles não se dão à observação ou à delimitação, sendo um construto teórico que dá conta dos fenômenos orgânicos, que para Nietzsche dará conta também dos processos intelectuais, assim como dos fenômenos culturais e esquemas morais. Os impulsos, que ele por vezes designa por instintos, por afetos, inclinações, aspirações, forças ou vontades, são processos que estão a todo tempo a se conflagrar, isto é, muitos se decompõem para que outros tantos se constituam. A fim de que se compreenda a proficuidade da noção de impulsos e seu poder de abarcar, pela via imanente, fenômenos como a consciência intelectual humana, sua produção cultural, a repressão instintual e a moral, algures propusemos sua concepção, por

---

3. A esse respeito, cf. *A gaia ciência*, § 11, e *Ecce homo*, "Por que sou tão esperto", § 9.

8 FRIEDRICH NIETZSCHE

Nietzsche, em quatro dimensões:[4] a primeira é a da descarga pulsional, da embriaguez pelo exercício do sentimento de sua própria potência (dimensão associada ao dionisíaco); a segunda é interacional, e por ela impõem-se limites, forma, individuação e autopercepção à primeira (e ela é associada ao apolíneo); pela terceira dimensão, axiológica, os impulsos a todo o tempo se intervaloram em prazerosos e desprazerosos (esta seria a sua modalidade de interação por excelência); e pela quarta dimensão, do estilo, de viés artístico, as interações se implementam. Os próprios impulsos já constituiriam, assim, rudimentos de linguagem, consciência, racionalidade, fazer artístico, expressividade e contenção, de modo que, por meio deles, o homem acaba por desenvolver, imanentemente, a linguagem verbal articulada, a consciência-intelecto tal como a conhecemos.[5] Com base nas repressões dos impulsos (os mais básicos são os da sexualidade e da agressividade) granjeia-se a moral do "não dever isto" e "não poder aquilo" em nome de uma vida harmoniosa em sociedade.[6] Assim, pouco a pouco vai se constituindo o que se entende pela alma humana e pela aculturação nos agrupamentos humanos. Ora, às profundidades pulsionais de que derivam todos esses feitos humanos vem atentar o psicólogo das profundezas. E se nesse âmbito de conflagrações não há unidades, nem fixidez alguma, nem anteparos, nem apegos, nem os receios inerentes aos apegos e à fixidez, é nesse sentido que deve ser compreendida a *ociosidade do psicólogo*: ao desobrigar-se das crenças em anteparos, em valores absolutos, em verdades e fixidez, o psicólogo se desarma e se desmobiliza, como que se relaxasse os membros. Ocorre que os membros se farão relaxados não para ficar inertes, e sim para a mais renhida luta contra os ídolos – e entenda-se: o que até ali se chamou de verdade, o que pautou valores e ações e já não encontra estofo para continuar a fazê-lo, ainda que pretensamente continue a fazê-lo. Um ídolo desprovido de estofo é um ídolo oco, e essa sua condição será o caso de auscultar.

---

4. A esse respeito, cf. KRIEGER, S. "'O cerne oculto do projeto nietzschiano': Logos versus pathos 'no ato de filosofar'". Tese apresentada ao Programa de Pós-Graduação em Filosofia da Escola de Filosofia, Letras e Ciências Humanas da Universidade Federal de São Paulo (Unifesp) em abril de 2019 (cf. cap. III, p. 187-209).
5. Sobre a hipótese de Nietzsche para o surgimento da consciência (consciência-intelecto ou de saber o que se está pensando ou fazendo), deve-se consultar o aforismo 354 de *A gaia ciência*.
6. Sobre como se constituiu a consciência moral no homem a partir da formação da capacidade de lembrar e prometer mediante castigos físicos e da má consciência, deve-se consultar a segunda dissertação da *Genealogia da moral*, com ênfase especial nas seções 1 a 3 e 16.

Se desse modo se tem uma luta travada a golpes de auscultação, o instrumento para tal é dado no subtítulo ao título definitivo da obra: "Como filosofar a golpes de martelo" (*Wie man mit dem Hammer philosophiert*). A primeira função do martelo em obra que se pretende tão acerbamente crítica é de pronto associada ao ato de demolir. De fato, os ídolos ocos serão derribados, demolidos. Antes disso, contudo, tem-se a função mais intrínseca ao martelo do psicólogo, ao médico da cultura, que é a da auscultação, ao modo do médico a auscultar as batidas, os sons do corpo do paciente. Por se tratar da psicologia não dos conteúdos conscientes, mas das profundezas, o contato – na verdade uma interrogação, por ecos e ressonâncias – não é direto, mas dá-se por meio de sintomas. O sintoma há de ser o som vazio e oco, que por certo destoará do caráter pretensamente eterno, imutável e inabalável dos ídolos: ídolos que, assim, mostram-se crepusculares. E assim chegamos ao título definitivo da obra, *Crepúsculo dos ídolos*, e de algumas ironias presentes em sua letra.

A ironia contida já no título dirige-se a Richard Wagner, mas também, de modo mais geral, aos ouvidos alemães. "Crepúsculo dos deuses" (*Götterdämerung*) é o nome da última obra que compõe a tetralogia wagneriana *O ouro do Reno* (*Das Rheingold*). A Wagner, ele próprio afinal um ídolo, e aos títulos de suas obras, os alemães cultos por certo que estavam bem habituados. A esse hábito Nietzsche vem ironizar, sugerindo os deuses como sendo ídolos, enquanto em outros momentos da obra ele ironiza os *ouvidos* alemães: para ficar em dois casos, na seção "O que devo aos antigos" tem-se a expressão "almas belas" (*Schöne Selle*), cunhada pelo helenista Johann Joachim Winckelmann, em referência aos gregos, e popularizada por Goethe; e há também "elevada simplicidade" (*edle Einfalt*), expressão do mesmo Winckelmann, tornada frequente entre os círculos de helenistas ou historiadores da arte, como maneira padrão e inquestionada de se referir aos gregos. O caso é que, para Nietzsche, mesmo essas concepções dos gregos, idealizadas, não passariam de ídolos ocos. E o seu procedimento de perscrutação diz respeito à fisiologia, que ele concebe como fisiologia das interações pulsionais a constituir e impelir um organismo animal e humano, ou, algo tão frequente no caso do homem, de interações que, sob os condicionamentos morais, fazem amansá-lo. Como veremos mais adiante, o âmbito das interações pulsionais bem permite compreender não apenas o problema da *décadence*, que permeia a obra, mas também o que se pode entender como seu viés propositivo, e, indo além, a contribuição

10   FRIEDRICH NIETZSCHE

específica do *Crepúsculo dos ídolos* no *corpus*, seu imperioso acréscimo ao percurso nietzschiano.

III. O *CREPÚSCULO DOS ÍDOLOS* NA PESQUISA NIETZSCHE

Justamente a contribuição do *Crepúsculo*, sua condição de "fato novo" na obra de Nietzsche, está longe de ser uma unanimidade. Diante dessa obra é possível constatar quatro modalidades de atitude por parte da pesquisa Nietzsche: a primeira – não esposada nem assumida, mas disseminada – versa sobre o fato de o *Crepúsculo dos ídolos* receber menos comentários específicos do que as demais obras: afinal de contas, o que dizer de algo que se pretendeu um resumo? Que atenção dar à não novidade? Uma segunda atitude é a de abordar a obra em questão sob uma rubrica mais ampla, e também cronológica, pela qual se pode visitar o *Crepúsculo dos ídolos* no contexto dos escritos de 1888.[7] Uma terceira atitude pode ser a do comentador lá não muito conformado com a atribuição "menor" para livro tão contundente, propondo que o retomado é ali revisitado com um desvio, ao modo de uma transposição que a obra imprime ao que revisita.[8] E uma quarta atitude, a instar e propiciar o presente escrito de apresentação, é a de considerar que o procedimento de revisita, de

---

7. A título de exemplo, os "escritos de 1888" ("Les écrits de 1888") – a abarcar o próprio *Crepúsculo dos ídolos*, mas também *O anticristo, Ecce homo* e *O caso Wagner, Os ditirambos de Dioniso*, além dos escritos póstumos do período – foram tema do encontro bianual do Groupe Internationale de Recherches sur Nietzsche (GIRN) – Grupo Internacional de Pesquisas sobre Nietzsche –, realizado em Nice, na França, em junho de 2018.

8. É o caso, no Brasil, do artigo de Jorge Luiz Viesenteiner, para quem o *Crepúsculo dos ídolos* se estruturaria mediante uma "heurística da necessidade", ou seja, dados os feitos intelectuais e as produções culturais, a pergunta a se fazer seria sobre os anseios e necessidades que lhes estariam por trás. Cf. VIESENTEINER, J. L. "Nietzsche e o horizonte interpretativo do *Crepúsculo dos ídolos*". In: *Philósophos*, n. 2, jul./dez. 2012, p. 131-157. Scarlett Marton, por sua vez, encontra para a obra um viés específico, e de não pouca monta: a formulação do critério de avaliação das avaliações, que se teria precisamente no capítulo "O problema de Sócrates". Cf. MARTON, S., "*Crepúsculo dos ídolos*. Em busca de um critério de avaliação das avaliações". In: *Nietzsche e a arte de decifrar enigmas*. São Paulo, Loyola, 2014. No âmbito internacional da pesquisa Nietzsche, o *Crepúsculo dos ídolos* é abordado em: BROBJER, T. "To Philosophize with a Hammer: an Interpretation". *Nietzsche-Studien*, v. 28, 1999, p. 38-41; GEORGSSON, P. "Nietzsche's Hammer Again". *Nietzsche-Studien*, v. 33, 2004, p. 423-350 – nessas duas contribuições, note-se a ênfase na alegoria do martelo – instrumento que é referido no subtítulo da obra, destinado à auscultação de valores (ídolos), mas também à construção de novos valores. Além disso, GERHARDT, V. & RESCHKE, R. (org.). "Nietzsche im Film: Projektionen und Götzen-Dämmerung". *Nietzscheforschung*, v. 16, 2009, p. 135-260; MÜLLER, E. "Von Der Umwerthung zur Autogenealogie. Die Götzen-Dämmerung im Kontext des Spätwerks". In: GEHRHARDT, V. & RESCHKE, R. (org.). "Nietzsche im Film: Projektionen und Götzen-Dämmerung". *Nietzscheforschung*, Bd. 16. Berlin, Akademia Verlag, 2008, p. 141-149.

proceder a resumos de sua própria obra, ou a balanços críticos provisórios de percursos que até então se fez, é comportamento que em Nietzsche se reveste de valor positivo e propositivo, de uma densidade teórica que não necessariamente demanda que se proponha algo como "um conceito novo", mas que se aproprie teórica e reflexivamente de uma vivência. Essa atitude se ancora na convicção de que o acesso ao mundo grego, ao seu sentimento transbordante de vida, com vistas ao seu momento presente e à sua filosofia do futuro, será o projeto nietzschiano por excelência, do *Nascimento da tragédia* ao *Crepúsculo dos ídolos* (e aos escritos de 1888 em geral). Por certo que tal projeto será vivenciado ao longo de travestimentos e interrogações aparentemente outras.

IV. FIDELIDADE DA RETROSPECÇÃO, RELEVÂNCIA DA SÚMULA: AS DEZ SEÇÕES DO *CREPÚSCULO DOS ÍDOLOS*

Muitas vezes já se disse que suas análises retrospectivas não são fiéis ao conteúdo dessa ou daquela obra, o que não chega a ser uma inverdade. Já bem menos se costuma observar sobre a possibilidade de haver ali fidelidade outra, melhor dizendo, compromisso outro, de lastro vivencial, em relação às tensões que gestaram a obra visitada, e sobre o que tal obra *continua* a dizer a respeito do pensamento filosófico que ajudou a encetar, como que a assinalar a relevância presente do que apenas cronologicamente ficou para trás. O olhar retrospectivo, tantas vezes exercido por Nietzsche, na verdade pode apontar para todo um subterrâneo que, atuante na escrita da obra visitada, apenas mais tarde viria a ser efetivamente explorado e compreendido. Levá-lo em conta na revisita pode ser mais relevante que um retrato pretensamente fiel. Pode conter mais verdade no tocante a um filosofar que é mutável e, não obstante, fiel não a esse ou àquele conteúdo, mas a seu próprio projeto. Afinal de contas, por que um filósofo simplesmente se repetiria ou se resumiria? A título pedagógico para si mesmo ou para o leitor? E far-se-ia idêntico a si mesmo um filósofo para quem inexiste a identidade?[9]

---

9. Nietzsche, filósofo da pluralidade radical e da alteridade, desvela o modo como uma ideia de igualdade é engendrada – mesmo antes de o ser pelo intelecto tal qual a conhecemos – já pelos organismos unicelulares, sendo condição para que se instaure um movimento de autopercepção: "O *sujeito* pode surgir, uma vez que surge o erro do igual, por exemplo, quando, a partir de diferentes forças (luz eletricidade pressão) um protoplasma percebe apenas um *estímulo*, e desse *estímulo* único ele infere a *igualdade* de causas: de modo geral se tem um único estímulo a efetivamente atuar, todo o restante sendo sentido como igual" (11 [268], primavera–outono de 1881 – doravante, assim serão referidos os fragmentos póstumos). E da igualdade à coisa:

12   FRIEDRICH NIETZSCHE

De bem outro caráter – que não o de uma autoidentificação – revestem-se as visitas de Nietzsche à sua própria obra, seu olhar para trás. Vida própria assumem seus "prefácios retrospectivos" de 1886 aos livros *O nascimento da tragédia*, *Humano, demasiado humano*, I e II, *Aurora*, *A gaia ciência*... Eles mereceriam análise específica, sua constituição e seu estofo não devem ser confundidos com os das respectivas obras, por mais que venham associados a elas. O mesmo se aplica ao que já é propriamente uma obra, o *Ecce homo*, sua autobiografia intelectual, na qual o filósofo passa em revista seus livros publicados. De um caráter diferente de revisita seria o presente livro, o *Crepúsculo dos ídolos*, súmula do inteiro percurso nietzschiano, a revê-lo e compreendê-lo mediante um estofo fisiopsicológico, para tanto se valendo de quistos de significação. Pois esses "quistos", que demandam ser quebrados e assim interpretados, são como que aspergidos ao longo das dez seções da obra.

A primeira seção, composta de quarenta e quatro máximas, é a mais enigmática, justamente por seu caráter sucinto e lapidar. É o Nietzsche herdeiro e admirador dos moralistas franceses que fala aí, da linhagem dos moralistas de observações cáusticas sob a forma epigramática. É verdade que toda a escrita de Nietzsche é um exercício de estilo – pela experimentação de formas, pela predominância do aforismo, pelo recurso a alegorias metafóricas, pela observância da pulsação. Contudo, inaugurar uma obra com máximas, como aqui é o caso, ou abri-la ou encerrá--la com poemas, como em *A gaia ciência* e *Além do bem e do mal*, é uma evidente experimentação, uma incidência de outra ordem – artística, estilística e pulsional – no que de outro modo tenderia a ser um discurso argumentativo convencional. Mais do que todas as outras, a primeira seção é da ordem do cifrado, como cifrado é o diálogo que estabelece com a seção IV de *Além do bem e do mal*, igualmente disposta em máximas.

A seção II é um retorno do filósofo aos primórdios, de *O nascimento da tragédia* e escritos concomitantes, como *A visão dionisíaca de mundo* e *Sócrates e a tragédia*. No retrato impiedoso que faz de Sócrates – "feio, portanto criminoso" – revela-se a leitura eugenista de Francis Galton, antropólogo primo de Darwin, mas também de outras leituras científicas, aliás muito mais prolíficas, como a que lhe permitiu compreender de que modo os instintos de Sócrates estariam em anarquia e de que modo

---

"A igualdade dos estímulos está na origem da crença em 'coisas iguais': os estímulos iguais duradouros criam a crença em 'coisas', 'substâncias'" (11 [270], primavera–outono de 1881).

INTRODUÇÃO 13

ele achou por bem transpor o instinto agonal grego para o âmbito estritamente racional, desprovido de lastro orgânico e pulsional. Foi leitura já de outra ordem – do romancista Paul Bourguet – que possibilitou a Nietzsche pensar a noção de *décadence*, que a partir da seção II permeará toda a obra – e Sócrates foi o primeiro *décadent*.

Para um filósofo quase sempre crítico acerbo de outros filósofos e filosofias, na seção III, "A 'razão' na filosofia", tal crítica adquire maior clareza e contornos sumamente definidos – por concisão, mas também por revelar compreensão: ao que parece, Nietzsche teria descoberto a razão do ódio dos filósofos de até então à noção de devir e, de modo geral, à vida – exceção a essa regra é Heráclito, evidentemente. A noção de *décadence* aí não é nomeada, mas é por meio dela que se odeia vida e vir-a-ser, e pela *décadence* a "razão" falseia o testemunho dos sentidos. Outra idiossincrasia dos filósofos se tem na confusão entre o último e o primeiro, e é justamente ela que acaba por engendrar os conceitos mais elevados, como Deus; os filósofos são forçados ao erro, são enredados pelos erros porque enredados pela linguagem, que substancializa, inverte e generaliza: pela linguagem o "eu" é posto como ser, como substância, a vontade é posta como agente, e segue daí toda a sorte de persuasões ingênuas.

Por essa mesma "descoberta" que é a noção de *décadence*, na seção IV Nietzsche pôde prover uma sumaríssima história da filosofia, como jamais fizera e como jamais fizeram, por depreender o dispositivo único e subterrâneo a toda ela. Nessa medida, desvela um mundo dignificado como verdadeiro e, depois, fabulado, a golpes de razão: de Platão ao seu *Zaratustra*, passando pelo medievo, por Kant, pelo positivismo.

Pelo mesmo desvelamento, latente por trás dos temas sucintamente apresentados, Nietzsche enfim compreendeu a "moral como contranatureza", como se tem na seção V, e pôde também entender como as paixões são passíveis de se espiritualizar, e que estupidez é sucumbir a elas tanto quanto tentar aniquilá-las, que mutilá-las e erradicá-las só pode ser empreitada dos fracos de vontade. Ainda nessa mesma seção, concebe a moral vigente como antinatural, como revolta contra a vida, contra os instintos da vida – como *décadent*, enfim.

Na seção VI, os "quatro grandes erros" (erro da confusão causa e consequência, erro da falsa causalidade, das causas imaginárias, do livre-arbítrio) são deslindados em seus meandros psicológicos e em suas consequências morais. Sim, pois a própria religião e a moral são postas como frutos da "ruína da razão", da confusão entre causa e consequência – erro que se fez hábito. Se se equaciona razão e filosofia, a exemplo do que se tem na seção III, o que ali era apresentado como "idiossincrasia dos filósofos", aqui é explorado em sua profundidade psicológica e em seus efeitos práticos. A causalidade, se evidentemente não está no mundo, tampouco estaria na razão: adviria, isto sim, dos três "fatos interiores" – mistificações, na verdade – que o homem projeta para fora de si: vontade, espírito, Eu. As causas imaginárias adviriam de ideias produzidas e antepostas como causas de uma sensação. O livre-arbítrio é psicologicamente desvelado como procedimento de culpabilização do vir-a-ser.

O paralelismo entre seções, que se teve entre a VI e a III, de algum modo se repete entre as seções VII e V: sim, pois a subjazer à moral como contranatureza está a intenção de "melhorar a humanidade". Daí em "Os 'melhoradores' da humanidade" o filósofo revelar a percepção de que ao juízo moral falta a distinção entre o real e o imaginário, com a moral tendo sido quase sempre o *amansamento* [*Zähmung*] da besta--homem – quando poderia ser o *cultivo* [*Züchtung*] de uma determinada espécie de homem –, como o foi, por excelência, a moral cristã: voltada a debilitar os homens, quando não a castrá-los.

Nas três últimas seções são abandonados os temas de antes, que gravitavam em torno do trinômio razão-moral-filosofia. O tom se torna menos analítico e mais confessional – mas a postura crítica se mantém, assim como, sobretudo, a revisita a temas tratados em obras anteriores. Estes não raro são transpostos a objetos e casos diferentes ou específicos; de todo modo, a revisita parece pressupor um estofo até então inexistente. Na seção VIII, "O que falta aos alemães", abordam-se temas como o da política – visitado nas seções VIII de *Humano, demasiado humano* e *Além do bem e do mal* –, e o da formação, ginasial e superior, na Alemanha – contemplado no ciclo de conferências "Sobre o futuro de nossas instituições de formação", de 1872 –, em cujo âmbito o filósofo versa sobre a necessidade de se aprender a ver, a pensar, a ler, em contraposição a um mero acúmulo de conhecimentos. No bojo de sua crítica à política alemã – da Alemanha recém-unificada, que para tanto triunfara militarmente sobre a França – e ao ensino no país encontra-se a noção de influência desespiritualizante [*entgeistigenden Einfluss*], e ela permite um paralelo com a noção de espiritualização [*Vergeistigung*] – na seção V, Nietzsche se refere à paixão, à sensualidade e à inimizade como disposições passíveis de serem espiritualizadas.

A longa seção IX retoma a ideia tematizada, sobretudo na "Segunda consideração extemporânea" – justamente a da extemporaneidade. Com um tom entre confessional e sarcástico, uma extemporaneidade difusa e de fundo se dá a entrever em meio a burilados traços da personalidade e da obra de alguns de seus contemporâneos mais emblemáticos, ou então de figuras que faziam a sua contemporaneidade (e de certo modo a nossa). Se entre esses últimos encontram-se Kant, Schopenhauer, Darwin, mais frequentes são os aforismos dedicados a figuras como Renan, Saint-Beuve, Tomás de Kempis, ou a George Eliot e George Sand, seguindo um interessante padrão: cada vez um quadro sucintamente esboçado, aspectos inusitados, bem como alegorias a forçar decifração. E um esboço de diagnóstico, no qual o que há de doentio na obra desses contemporâneos é perscrutado no âmbito dos instintos e no predomínio de um, que pode ser o de vingança à la Rousseau. A subjazer à dinâmica instintual, a onipresente *décadence*.

Mas há também toda uma dimensão positiva em aforismos que a esses se intercalam. Em um grupo dedicado ao fazer artístico, a arte é abordada de um ponto de vista psicológico, havendo ali referências a uma precondição fisiológica para que haja arte – a embriaguez, o estado estético sendo análogo a processos da vida instintual. Nesse contexto, são revisitados também apolíneo e dionisíaco, um e outro sendo compreendidos como modalidades de embriaguez, e a embriaguez, de sua parte, como excitação e descarga de afetos, estes sendo compreendidos de um ponto de vista fisiológico. A obra de um historiador e escritor pode ser mera interpretação, mesmo que uma interpretação "heroico--moral" de estados dispépticos, como no caso da moral do historiador Carlyle. A escrita advém de um modo de nutrição instintivo – como se tem no panegírico a Emerson. E nas seções dedicadas ao belo e ao feio, a sensação de um e outro é remetida ao prazer, por certo, mas vai além, ou seja, vai ao que é da ordem da espécie e do instinto. A crítica se dirige, por exemplo, ao ensino superior e à recorrência à arte como subordinados às necessidades das instituições (como nos sistemas de produção e de ensino), com prejuízo a aspectos mais profundos, fisiológico-psicológicos, dos quais eles advêm e aos quais deveriam servir. Também na crítica à moral altruísta há referência à escolha instintiva e a um processo fisiológico. Quanto ao problema da liberdade, que na verdade é o do estado laxo de já a ter alcançado – assim como o é o problema das outras instituições modernas –, para Nietzsche ele é

16 FRIEDRICH NIETZSCHE

igualmente uma questão instintual. Ao final da seção, um reverenciado Goethe estaria afinado à percepção de uma forma possível de eternidade. Nosso filósofo a compreende e a exerce: o aforismo, como exercício do estilo, é a sua forma de eternidade.

A décima e última seção, justamente, está atrelada a tal eternidade e é uma revisita ao problema que ensejou a primeira obra publicada de Nietzsche, que foi *O nascimento da tragédia*. Nela, a questão perseguida era: como a existência, cujo fundamento é dor e sofrimento, pode ser suportada e mesmo justificada? No limite, como podia ser celebrada entre os gregos, em cultos cumulados pela vivência trágica? No pano de fundo arma-se uma interrogação sobre o significado cultural e sobre as condições de surgimento e declínio das diferentes formas de vida. É nesse contexto que, ao longo do percurso de Nietzsche, a questão da existência – como se tinha em *O nascimento da tragédia* – ganha dimensões biológicas e também fisiopsicológicas: torna-se a questão da vida. É com esse substrato que o filósofo então mais uma vez se volta à questão contemplada na primeira obra: a revisita a temas já tratados aparece assim como "uma palavra sobre aquele mundo para o qual busquei acessos, para o qual eu talvez tenha encontrado um novo acesso – o mundo antigo" ("O que devo aos antigos", § 1). Caminhando para o final da seção, ele observa ter sido protegido de "aventar nos gregos 'belas almas', 'áureas mediocridades'" ("O que devo aos antigos", § 2), como era regra desde o século XVIII, por sua condição de psicólogo. Ora, ser psicólogo para Nietzsche é ao mesmo tempo e hibridamente ser fisiólogo. Foi assim como "fisiopsicólogo" que ele compreendeu o modo pelo qual interagem os instintos (ou impulsos, ou afetos) humanos, e foi assim que ele compreendeu que os antigos da era trágica tinham o instinto agonal, e que no seio deste se espraiava o "fato fundamental do instinto helênico", a "sua vontade de vida" ("O que devo aos antigos", § 4). Ao que tudo indica, a "forma possível de eternidade", "a vida eterna, o eterno retorno da vida" ("O que devo aos antigos", § 4) deve ser buscada e experimentada num âmbito onde jamais fora perscrutada em filosofia: vivenciada na arte, ela deve ser buscada no âmbito de exploração do psicólogo-fisiólogo. É também nesse âmbito que Nietzsche reencontrará o dionisíaco – conferindo um entramado pulsional ao que em *O nascimento da tragédia* era ainda uma possivelmente vaga "intuição estética".

O epílogo "Fala o martelo" é, à parte a revisita ao *Zaratustra* e à parte o seu conteúdo, um momento de especial protagonização pela via do estilo, tal qual já fora a primeira seção. É vivência e exercício, pelo estilo, da anunciada forma de eternidade.

V. *DÉCADENCE* COMO DIAGNÓSTICO E POSITIVIDADE

Acima afirmamos que uma revisita, um balanço provisório, por Nietzsche, jamais será um procedimento de identificação consigo, ou um ajuste de contas para confirmar se está ou não igual ao que um dia já foi. Não se trata de um autor a assistir à obra, mas da revelação e expressão das tensões internas – do *pathos* – que presidiram seu surgimento e se lhe fizeram constitutivo.[10] Não se trata aí de cotejar um "igual e diferente" das posições que um dia esposou. Trata-se, isso sim, de resgatá-las, de retomá-las, de corroborá-las com uma trama vivencial da qual antes não se estava de todo consciente. Ou de fazê-lo com um estofo teórico que dê a perceber tensões e vivências. Se *Crepúsculo dos ídolos* permite afirmar que o projeto de Nietzsche seria o mesmo desde *O nascimento da tragédia* – à sua consecução subsumindo-se mesmo a tarefa da transvaloração de todos os valores –, sua realização não se dará por força de construtos metafísicos nem pela busca de liames transcendentes, tampouco por um discurso que exibe todas as suas razões ou que se pretenda fundamento de si. É certo que ao longo de *Crepúsculo* esse projeto exibe muito mais a sua face negativa, como vimos ao passar por suas dez seções. No curso delas assinalou-se Sócrates como o primeiro *décadent*, e que a noção de *décadence* estaria relacionada a uma certa disposição instintual. Viu-se que a noção de *décadence* pode estar subjacente a um texto, como estaria por trás dos quatro erros da razão, segundo a seção IV. Estaria presente, da mesma forma, na moral como amansamento da besta-homem. E não seria a *décadence* um problema comum a afetar os alemães, que servem de tema à seção VIII, e tantos de seus contemporâneos, arrolados na seção IX? E o fato de uma determinada escrita advir de estados dispépticos, como no caso de Carlyle, não estaria a apontar para a *décadence* como um problema orgânico?

Empregado por Nietzsche sempre em francês, o termo "*décadence*" – ou o adjetivo "*décadent*" – é oriundo de sua leitura dos *Essais de psychologie contemporaine*, de Paul Bourget, no ano mesmo da publicação da obra, 1883. O uso do termo, porém, torna-se mais frequente em 1887 e

---

10. A esse respeito, e sobre a presença do autor, do personagem Nietzsche especificamente nos prefácios retrospectivos de 1886, cf. PASCOAL, A. E. "Ficcional, demasiado ficcional: o 'personagem Nietzsche' nos prefácios de 1886". In: *Estudos Nietzsche*, v. 10, n. 1, jan./jun. 2019, p. 91-114; e p. 92-113, em especial, p. 98.

18 FRIEDRICH NIETZSCHE

sobretudo nos escritos de 1888 – fragmentos do espólio e obra publicada, como o é o *Crepúsculo dos ídolos*. A *décadence* é um fenômeno da ordem da degeneração orgânica, e sua constatação é um feito bem próprio de um momento de frescor e pujança das ciências biológicas, como foi o século XIX. O viés biológico exalava para além das fronteiras da biologia e de seus campos especializados, e é bem por isso que encontrou expressão na *décadence* como fenômeno reconhecido e cunhado pelo escritor e crítico literário Paul Bourget. A formulação mais clara do fenômeno dá-se em seu ensaio sobre Baudelaire: "Um estilo de *décadence* é aquele em que a unidade do livro se decompõe para dar lugar à independência da página, em que a página se decompõe para dar lugar à independência da frase, e a frase se decompõe para dar lugar à independência da palavra".[11] Não obstante a desagregação – que pode ser a de um livro, de um organismo, como de uma inteira visão de mundo –, a referência à "independência" pode dar a falsa ideia de um vigor, mesmo de uma solidez e densidade maiores ao que é da ordem do individual: uma página se arvora à independência, uma palavra se faz voluntariosa... Mas não, não é disso que se trata. Não se trata de um fruto ou rebento viçoso e maduro que possa se arvorar à independência, pois o contexto é algo de muito mais visceral, ou seja, não o das franjas do orgânico, que podem dele se desatar, mas de sua natureza mais íntima – trata-se do que o constitui. Nesse sentido, não há como um indivíduo poder parecer sentir-se forte, com mais intensa presença de si, quando desprendido da trama que o entretece, a agir então de forma desgarrada. O que se passa é bem o contrário. Com a desagregação do tecido, é toda uma urdidura vital que deixa de proporcionar a chave da experiência. O indivíduo, que até pode parecer automotivado e voluntarioso, revela-se como nada mais do que um elemento que se desviou em função dos esbirros de uma trama, com a perda de um norte de experiência – e, diga-se, também de uma voragem, constituída justamente pela sua inserção na trama. Com essa perda, que é de trama e de tônus, ele se faz receptivo e suscetível a toda uma miríade já não de experiências, mas de "candidatas a" experiências jamais consumadas. Nesse sentido, ele é apenas hipertrofiado, bem o contrário do caráter vigoroso e voluntarioso que pode suscitar a primeira impressão. Como superfície desprotegida e suscetível, "que perde

---

11. Cf. BOURGET, P. *Essais de psychologie contemporaine – Études littéraires*. Tradução livre do autor. Paris, Gallimard, 1993, p. 14.

INTRODUÇÃO 19

a capacidade de resistir às solicitações, ele se faz determinado pelos acasos: aumentam-se e vulgarizam-se monstruosamente suas experiências..., sua 'despersonalização', uma desagregação da vontade" (17 [6], maio-junho de 1888).[12] Não há forças da parte desse elemento desgarrado, sobretudo não há resistências. As experiências não são digeridas – daí referirmos "candidatas a experiências", que afinal não se realizam. O desgarrado já não valora e não se expressa, e isso porque valorar e expressar-se remetem às manifestações simbólicas inerentes à vida, no âmbito das quais toda uma psicologia desdobra-se em relação imanente com o orgânico, ou, em outras palavras, com a urdidura da vida pulsional. Assim, a *décadence* vem a ser justamente o desprezo, o dar as costas, a atitude de evasão, de busca de um sentido outro, de um imaginário além.

Entretanto, seria equivocado pensar a *fuga* à sua própria imanência, a seus arranjos e rearranjos instintuais – este que foi justamente o *modus philosophandi* de tantos filósofos, segundo Nietzsche – como *causa* da *décadence*. Tampouco seria *causa* da *décadence* a propensão inquestionada a se filosofar por conceitos, a qual dá as costas a tantos processos vitais e determinantes ao ato de filosofar, ao próprio ímpeto que a tal conduz.[13] O cristianismo, a moral, tal como o filósofo os encontrou, o romantismo, a arte, não são causas da *décadence*. São seus sintomas, como Richard Wagner lhe é o mais acabado sintoma. Nem mesmo Sócrates (ou o socratismo) teria sido causa da *décadence*, já que ele não provocou a desagregação dos instintos, e, sim, a percebeu nos nobres atenienses e em si mesmo (cf. "O problema de Sócrates", § 9). Oriundo de uma desagregação dos instintos como não se tem no reino puramente animal, esse quadro, a perpassar a civilização que assim produziu a filosofia moderna, chegou a Nietzsche como visão de mundo que se evade do que lhe é mais próximo, e atuante, e visceral, instintual, por advir de uma civilização calcada na valoração negativa deste mundo, do corpo, da sensualidade, da vida pela vida. Antecedendo em muito a visão de mundo que chegou

---

12. As traduções dos fragmentos póstumos de Nietzsche são livres, isto é, do presente autor, e os tais fragmentos foram consultados no original alemão em http://www.nietzschesource. org/#eKGWB, site das obras completas de Nietzsche.
13. Para Nietzsche, o ímpeto que leva a filosofar é o *ich will erst leben*, "eu quero tão somente viver" (cf. 2 [161], outono de 1885 – outono de 1886) – sobre a consulta dos fragmentos póstumos do filósofo, cf. nota 12 acima. Levá-lo em conta, mais do que qualquer outra questão (como as de ordem ontológica ou epistemológica), é o que ele chama de um "filosofar de primeira ordem" (cf. 2 [161], outono de 1885 – outono de 1886). Deixar-se pautar por posicionamentos dogmáticos ou céticos acerca do que se pode (ou não) conhecer já seria proceder a um "filosofar de segunda ordem" (cf. 2 [161], outono de 1885 – outono de 1886).

a Nietzsche, a *décadence* revela-se como todo um decurso da civilização ocidental, e não como uma intercorrência à época do filósofo. Por Sócrates, certamente, mas de modo mais amplo pelo socratismo, que mesmo o antecede, e por um âmago da atitude que o socratismo configura, tem-se "'racionalidade' *contra* instinto", a 'racionalidade' a todo preço, ao modo de uma força perigosa, solapadora de vida!",[14] ou, em outras palavras, um suposto consciente podendo fantasiar uma ordem em que suplantaria um embate inconsciente e inesgotável.

VI. *DÉCADENCE*, ESPIRITUALIZAÇÃO/DESESPIRITUALIZAÇÃO À LUZ DA QUESTÃO PULSIONAL

A questão pulsional em Nietzsche permite compreender não apenas os meandros do processo de *décadence*, mas também o da relativa mobilidade dos processos de espiritualização e desespiritualização. Ora, pode causar estranheza a recorrência à "espiritualização" por parte de um filósofo tão acerbamente crítico à metafísica, aos pendores idealistas, à moral e à religião cristãs. Considerando isso, o leitor poderá se perguntar sobre o papel da noção de espírito em sua verve. Ora, a intenção de Nietzsche é justamente a de alijar a palavra de suas ressonâncias idealistas e metafísicas – e aqui cabe ressaltar que o *Geist*, termo que está na raiz de *Vergeistigung* (*espiritualização*) e *entgeistigend* (*desespiritualizante*), não traz as conotações religiosas do "espírito" que temos em português, remetendo mais à esfera mental, à vida psíquica. E, no caso, os prefixos "ver" e "ent" fazem com que *Vergeistigung* e *entgeistigend* não remetam a estados, e sim a processos. Nesse mesmo sentido, tais processos não remeterão a uma substância pensante, ou etérea, ou racional, nem a uma faculdade intelectual ou suprassensível. Se propusemos os impulsos entendidos segundo dimensões, e se atentamos à proficuidade da compreensão de suas interações, vimos justamente o quanto há de processos interpretativos em suas interações: impulsos só são impulsos à medida que interagem, e para interagir a todo tempo se intervaloram, "imaginam" interações futuras – buscando as que parecem prazerosas, fugindo às desprazerosas –, para tanto lançando mão da artimanha de retardar a descarga que lhe proporciona prazer. Isso significa que inventam e dissimulam, num jogo de atração e conquista, todo ele ensejado pelo lastro de prazer que lhe é

---

14. NIETZSCHE, F. *Ecce homo* ("O nascimento da tragédia", § 1). Trad. Paulo César de Souza. São Paulo: Companhia das Letras, p. 60.

INTRODUÇÃO   21

subjacente – o prazer de intensificar seu sentimento de potência ao interagir com outros impulsos. É por isso que o processo de espiritualização pode ser entendido como os traços característicos emanados pelos jogos de interpretação das vontades de potência. Afinal, longe de constituir um processo cego e bruto, as interações pulsionais – em outras palavras, os processos interpretativos das vontades de potência – produzem mais ou menos significações, e, com isso, ondas de espiritualização.

No caso do ser humano, as interações pulsionais produziram mais e mais significações. Foram dois momentos de radical e brutal transformação: o primeiro, o desequilíbrio pulsional – por uma ameaça externa, compartilhada e renitente – a urgir que sua tensão projetasse uma versão verbal e articulada de uma linguagem que já vigorava entre os impulsos.[15] Junto à linguagem verbal e gregária nascia a consciência humana: tal é a hipótese para o surgimento da consciência no aforismo 354 de *A gaia ciência*. Com o espessamento do convívio gregário, possibilitado pelo surgimento da linguagem, necessária foi a contenção dos instintos de agressividade e os sexuais. Impedidos de se descarregar à força de coações e castigos, passaram a voltar-se para dentro, interiorizaram-se, constituindo a má consciência e, a partir daí, a moral. Tal é a hipótese para o surgimento da consciência moral na seção 16 da segunda dissertação de *Genealogia da moral*. A partir daí o homem quase só fez amansar seus instintos, quando poderia cultivá-los. Ao fim e ao cabo, o processo de amansamento leva à desespiritualização, quando ele, de tanto refrear seus instintos, de tanto se ater às preparações para os jogos interpretativos – que se dão nas interações pulsionais –, acaba por perder o laço que ligava os referidos jogos de interpretação à embriaguez que os lastreia e os deveria impelir. Com isso estiola-se o processo de espiritualização segundo Nietzsche, ou seja, esse processo tal como se dava entre os impulsos, entre as dimensões dos impulsos e seus jogos de interpretação. E abre-se a porta à *décadence* no caso humano.

VII. VIDA E DIONISO NO *CREPÚSCULO DOS ÍDOLOS*

Ocorre que mesmo nesse quadro de desespiritualização Nietzsche empreende o movimento contrário, e esse procedimento igualmente se

---

15. A esse respeito, cf. WOTLING, P. "What Language do Drives speak?". In: CONSTÂNCIO, J. & BRANCO, M. J. M. (org.). *Nietzsche on Instinct and Language*. Berlin/ Boston, De Gruyter, 2011, p. 80-116 ; e KRIEGER, S.,"Pulsionalidade e consciência em Nietzsche". In: Ágora *filosófica*, v. 1, n. 2, 2017, p. 177-197.

22 FRIEDRICH NIETZSCHE

aplica à sua contraface niilista, pela qual ele converte o niilismo passivo em ativo,[16] e à contraface *décadence*, esta que ele não ignora, como não nega fazer parte de um todo orgânico em desintegração. E é justamente aí que se encontra o aspecto propositivo, a tornar *Crepúsculo dos ídolos* obra que chega a ser incontornável. Incontornável mesmo sendo um corroborar do projeto nietzschiano tal qual expresso em *O nascimento da tragédia*. Se o corroborar faz-se transfigurado, com a compreensão do estofo pulsional, nele se trata de encontrar o cerne que, vivencial – e *não* mero construto teórico –, revelaria, ou melhor, transbordaria em si o ímpeto que entre os gregos os fazia justificar a existência, e mesmo celebrá-la em cultuado júbilo. É bem disso que se trata, e não se deve considerar mera retórica afirmações como "aquele mundo para o qual busquei acessos, para o qual eu talvez tenha enunciado um novo acesso – o mundo antigo" ("O que devo aos antigos", § 1). Lá, como cá, o que ele buscou e afirma ter encontrado nos "mistérios dionisíacos" foi a expressão do "*fato fundamental* do instinto helênico – sua 'vontade de vida'" ("O que devo aos antigos", § 4).

Por certo que, mesmo em se tratando de Dioniso, não é o caso de expressá-lo à maneira dos gregos, de seus cultos cumulados pelo espetáculo trágico, no qual o coro induzia os estados dionisíacos. E especificamente quanto ao trágico, longe de se ater à encenação, ao texto ou aos percalços do herói trágico, Nietzsche encontra a "chave para o conceito do sentimento trágico" ("O que devo aos antigos", § 5), mediante o que chama de "psicologia do orgiástico", ao modo de um "transbordante sentimento de vida e força, no seio do qual mesmo a dor atua como estimulante" ("O que devo aos antigos", § 5). Com "psicologia", aqui mais precisamente a "psicologia do poeta trágico" (*Crepúsculo dos ídolos*, "O que devo aos antigos", § 5), tem-se obviamente um conhecimento. A sua psicologia vimos se tratar de uma *fisiopsicologia* dos impulsos. Dos impulsos já se abordou o modo como interagem – à sua interação o filósofo chegou em levas sucessivas de compreensão[17] – e aqui, acima, apresentamos a sua compreensão segundo dimensões. O

---

16. Com relação ao niilismo segundo Nietzsche, cf. GUERVÓS, L. E. S. "O antiniilismo estético e a superação do niilismo". Trad. Wilson A. Frezzati Jr. In: *Cadernos Nietzsche*, vol. 39, n. 3, 2018, p. 11-29; e ARALDI, C. "Para uma caracterização do niilismo na obra tardia de Nietzsche". In: *Cadernos Nietzsche*, vol. 5, 1998, p. 75-94.
17. A esse respeito, cf. MÜLLER-LAUTER, W. "Der Organismus als innerer Kamp. Der Einfluß von Wilhelm Roux auf Friedrich Nietzsche". In: *Nietzsche-Studien*, 7, 1978, p. 189-223; WOTLING, op. cit.; e KRIEGER, op. cit.

que se passou no "caso humano", com o advento das duas consciências – intelectual e moral –, foi o gradual amansamento dos instintos – que são grupos de impulsos junto aos quais se formou memória –, com o embotamento sobretudo do que aqui propusemos ser a primeira dimensão pulsional, a da embriaguez pela intensificação do sentimento de potência. Esse embotamento se apresentava como crucial para o bom convívio em sociedade: embotados seriam os instintos no que conteriam de forças incontroláveis, como os ímpetos cardeais-animais da agressividade e da sexualidade, que seriam as forças inconsequentes do descentramento e da perda da individualidade.

Para melhor compreender as noções de amansamento, por um lado, e cultivo, de outro, assim como as ideias de desespiritualização e espiritualização, e com isso o caráter propositivo de *Crepúsculo dos ídolos*, cumpre entender a relação dos impulsos com a vida. Mais precisamente, sua relação com a vida segundo uma noção dual de vida, conforme a concebiam os gregos. No âmbito da primeira dimensão pulsional, tudo se passa como se ali se tivessem as duas concepções de vida para os gregos: a *zoé*, vida universal, integral e eterna de nascimento e morte, e a *bíos*, das individualidades que nascem e morrem sob a égide da *zoé*, como se estivessem a se friccionar uma à outra: a *zoé* que suscita e estimula é também a que vai tragar a *bíos*; a *zoé* que, deixada à larga, a seu próprio e livre curso de potência e embriaguez, levará a *bíos* ao descentramento e à dissolução. Acaso será outro o sentimento dionisíaco expresso pelos gregos da era trágica? O arrebatamento de força e de vida que se sente em si advém, no entanto, de fora de si. Os gregos o perceberam e interpretaram como um deus vindo do Oriente e de um sem-tempo – Dioniso, deus da embriaguez e dos ciclos vitais. Nietzsche o reconhece no que propusemos ser a primeira dimensão pulsional, que é a da ausência de individuação, do descentramento e da embriagada presença da natureza em nós. Pois esse sentimento arrebatador, que nos move ao tempo mesmo em que nos parece alheio, Nietzsche compreende como se dá no âmbito pulsional, porém igualmente o expressa. Compreende-o a ponto de propor a sua psicologia, a psicologia dos impulsos, como vimos acima. Expressa-o porque seu filosofar é ao mesmo tempo um fazer artístico, é um ligar-se à natureza e à sua fisiologia por um fazer artístico, e isso se dá por meio da arte do estilo.

Por entre as intuições artísticas "dionisíaco" e "apolíneo" em *O nascimento da tragédia*, por entre a arte a se entremear entre ciência e vida – na

24 FRIEDRICH NIETZSCHE

ideia de uma *gaya scienza*,[18] como no prefácio de 1886 ao próprio *O nascimento da tragédia* – e a fisiologia da arte, dos escritos de 1888, Nietzsche concebeu o que se pode entender como três traços que estruturam o fazer artístico. O primeiro traço é aquele em que, tal como na instintualidade animal, o que é obstáculo, recalcitrância, converte-se em estímulo, em "grande estimulante da vida" (14 [26], primavera de 1888), o estado estético sendo o da "estimulação daquelas esferas onde todos aqueles estados de prazer têm sua sede" (9 [102], outono de 1887). Porém essa relação da arte como "essencialmente *afirmação, bendição, divinização da existência*" (14 [47], primavera de 1888) demanda que se olhe mais de perto o que se passa na referida estimulação: trata-se do que seria um segundo traço estruturante do fazer artístico, que Nietzsche concebeu pelo menos desde 1882, na primeira edição de *A gaia ciência* – por esse traço, trata-se de aliar a capacidade de distanciamento crítico a dispositivos instintuais que continuam a nos subjazer: ao que nos afastamos das coisas a ponto de já não ver muita coisa delas, é o caso de nos permitir que por instinto se lhes acrescentem muitos traços para vê-las ainda um tanto mais (cf. *A gaia ciência*, § 299). E ao se debruçar sobre a natureza mais íntima desses traços, chega-se ao que se pode conceber como um terceiro traço estruturante do fazer artístico: é em função dele que Nietzsche associa o fazer artístico a um conjunto de "esboços superficiais", a "uma simplificação crua e pouco natural" (cf. *Humano, demasiado humano*, § 160).[19] "Simplificação" porque os referidos traços não serão atribuídos nem ao sabor da indiferença nem da casualidade, sendo traços convenientes e apetecentes a quem os impõe e, sem pretensão de dizer respeito às coisas, serão a corroboração da força daquele que desse modo se faz artista: assim como o orgânico a tudo simplifica em nome do que lhe interessa, do que lhe é vital, do que por isso mesmo estimula a voragem do organismo em questão, também o artista o faz, à matéria atribuindo a marca da sua voragem, de seu estilo. Mas ressalte-se que, diferentemente do que se tem na natureza, esse fazer artístico é deliberado e consciente, por mais que se valha de impulsos orgânicos e inconscientes.

Esses três traços do fazer artístico mostram-se concentrados numa reflexão sobre a arte contida na própria obra que aqui se apresenta. No

---

18. A esse respeito, cf. ITAPARICA, A. L. M. "A arte na 'gaia ciência' de Nietzsche". In: *Estudos Nietzsche*, jan./jun. 2019, v. 10, n. 1, p. 28-39.

19. Cf. NIETZSCHE, F., *Humano, demasiado humano*. Trad. Paulo César de Souza. São Paulo, Companhia das Letras, 2012, p. 113-114.

aforismo intitulado "Sobre a psicologia do artista" ("Incursões de um extemporâneo", § 8), o filósofo afirma: "Para que haja arte, para que exista um fazer e contemplar estético, para tanto se faz indispensável uma precondição fisiológica: a *embriaguez*. A excitabilidade de toda a máquina tem de ser intensificada primeiro pela embriaguez; sem esta não se chega a arte alguma" – e segue a discorrer sobre os tipos e as incidências da embriaguez. À medida que em tal estado de arte–embriaguez "o homem [...] transforma as coisas, até que espelhem a sua força, até que se façam reflexo de sua perfeição", e à medida que "o ter de transformar as coisas em algo perfeito é arte" ("Incursões de um extemporâneo", § 9), tudo se passa como se dessa maneira, encenada, deliberada, pela qual são convocadas forças pulsionais, animais, inconscientes, o homem tornasse a corporificar a fricção – vigente no mundo animal, incidente no elemento trágico – entre as duas concepções de vida para os gregos, a *bíos* e a *zoé*. Com a *bíos* encontrando a *zoé*, animada, suscitada e alimentada por ela, sem medo de por ela ser tragada, o homem se faz embriaguez, pressuposto por excelência do estado estético, e, uma vez descentrado, já que comedidamente invadido pela *zoé*, enriquece as coisas com sua plenitude ao que as transfigura. Nietzsche assim procedeu ao fazer de sua filosofia também um fazer artístico: *protagonizou* seu teorizar acerca da arte mediante o exercício do estilo: o pensamento é, a um só tempo, simplificado, transfigurado e tornado estimulante pela forma aforismática, ou poética, como também o é pelo uso ciente e deliberado de alegorias, metáforas inesperadas e de outras figuras de linguagem; o pensamento é ali criado desde o não pensamento, desde a esfera pulsional e inconsciente, como transfigurados, simplificados e estimulados são os impulsos ao terem a sua pulsação fisiológica expressa na escrita cadenciada, na distribuição de seus tempos fortes e fracos, ao sabor da vitalidade incidente nos momentos de concepção e redação dessa ou daquela obra.

Por esse viés artístico, o próprio Nietzsche vivenciou o tangenciar da vida–integralidade, dos ciclos cósmicos (a *zoé*) em sua vida individual (a *bíos*). Como em nenhuma outra obra, em *Crepúsculo dos ídolos* ele pôde assim afirmar o resgate do problema que suscitou sua primeira obra. De *O nascimento da tragédia* aos últimos escritos, entabula-se assim um projeto de, dentro do estudo das possibilidades humanas, reencontrar a vitalidade no homem, a capacidade de desejar a vida tão só por subjazer a ela o ato de viver, e sua embriaguez ao sentir e intensificar a própria potência. Nietzsche revela que dar vazão a isso, longe de ser necessariamente um perder-se ou esfacelar-se, pode ser um lançar mão de estados estéticos no ato de filosofar, estados que conservam no homem, segundo o filósofo, a embriaguez e a voragem da vida animal, ou o dionisismo dos gregos. Daí ele dizer ter encontrado "o fato fundamental do instinto helênico" já não na esfera cultural, como pretendera na primeira obra, mas no incompartilhável de sua singularidade pulsional, no qual perscruta a "psicologia do estado dionisíaco" ("O que devo aos antigos", § 4), "a psicologia do orgiástico como um transbordante sentimento de vida e força, no seio do qual mesmo a dor atua como estimulante" ("O que devo aos antigos", § 5). À compreensão de aspectos cruciais da vivência grega da era trágica em meandros fisiológicos Nietzsche se dedicou durante a maior parte de seu percurso intelectual. Ele assim fez pôr à prova e confirmar sua intuição artística de *O nascimento da tragédia*, o dionisíaco, desvelando a vida bem como o cerne de descentramento e embriaguez a subjazê-la. Entre os impulsos já haveria uma dimensão – a quarta, como acima referimos – pela qual já entre eles, nesse âmbito de animalidade e abstração, tem-se um modo de interação estético-estilístico. Por contar com esse estofo, com ele pôde perscrutar ídolos ocos – sem ressonância pulsional, sem ressonância de vida –, e com ele se propor a uma súmula de sua filosofia: tal filosofia e seus momentos não serão reencontrados à luz de um princípio identitário, mas transfigurados pela profundidade mesma que seu percurso intelectual lhes imprimiu. Assim, se em determinado momento de seu trajeto Nietzsche se ressentiu da perda de valores transcendentes (como no ciclo de *Humano, demasiado humano*), se em determinado momento constatou ter se desvinculado o homem da capacidade de desejar (em *A gaia ciência*), e se desvelou toda uma dimensão axiológica a estruturar tudo o quanto vive (*Assim falou Zaratustra*), em *Crepúsculo dos ídolos* os valores transcendentes são desvelados como ídolos ocos, enquanto outros valores são consagrados na esfera imanente – ou pulsional. São valores que se equacionam à vida, assim como na *vida* se encontra a capacidade de desejar e o critério de avaliação dos valores. Na vida e na embriaguez da primeira dimensão pulsional a questão existencial de *O nascimento da tragédia* é reencontrada no *Crepúsculo*. Constituir-se de tal maneira súmula *e* transfiguração de um percurso filosófico é o mérito nada pequeno da obra que aqui se apresenta.

Saulo Krieger

PREFÁCIO

Manter a serenidade[1] em meio a uma questão sombria, a requerer responsabilidade além da medida, não será de pouca habilidade – e no entanto, o que seria mais necessário que a serenidade? Coisa alguma vinga se nela não tem parte a petulância. Só mesmo o excesso de força é comprovação da força. Uma *transmutação de todos os valores*, este ponto de interrogação negro e enorme a ponto de lançar sombras por sobre onde se posta – um tal destino em uma tarefa nos força a todo instante a sair ao sol e sacudir de si uma seriedade que se tornou pesada demais. Todo meio para tanto é bom, todo "caso" um feliz acaso.[2] Sobretudo a *guerra*. A guerra foi sempre a grande sabedoria (*Klugheit*) de todos os espíritos que muito profundamente se voltaram para dentro; mesmo no ferimento ainda se encontra a força de curar. Já há algum tempo minha divisa é uma máxima cuja procedência eu resguardo da curiosidade erudita:

Inscrescunt animi, virescit volnere virtus.[3] [se crescem os ânimos,
fortalece-se a força com a ferida]

Outra convalescença, sob certas circunstâncias ainda mais desejada por mim, está em *auscultar ídolos*... Há no mundo mais ídolos que realidades: este é o *meu* "mau olhar" a este mundo, e é também meu "mau *ouvido*"... Aqui alguma vez fazer perguntas com o *martelo* e talvez ouvir como resposta aquele célebre som oco, a falar de vísceras infladas – qual deleite para alguém que tem ouvido mesmo por trás dos ouvidos, para

---

1. "Serenidade" e, na linha acima, "sereno", para os termos em alemão *Heiterkeit* (o substantivo) e *heiter* (o adjetivo). O termo é de uso frequente por Nietzsche, na obra publicada aparecendo desde *O nascimento da tragédia*, e é frequente justamente porque versa sobre sua própria concepção dos gregos e uma outra concepção, que ele está a questionar e a provocar com o uso do termo. Em alemão, *Heiterkeit* versaria sobre uma felicidade despreocupada (e por isso serena) que os adeptos da grecomania reinante na Alemanha nos séculos XVIII e XIX equivocadamente (segundo Nietzsche) atribuíam aos gregos. Para o nosso autor essa felicidade serena (*Heiterkeit*) seria justamente uma máscara com que os gregos encobriam seus embates mais viscerais – agônicos, na verdade, e por isso mesmo bem menos serenos. A tradução tem se mostrado bastante controversa, oscilando entre os sentidos de serenidade, alegria e jovialidade – ou "sereno-jovialidade", pela inovação terminológica de Jacob Guinsburg. Ressalte-se, porém, que o aspecto sereno da ideia não coaduna com a ideia de jovialidade.
2. A referência aqui é a *O caso Wagner*, obra publicada imediatamente antes da presente; *Crepúsculo dos ídolos* seria uma espécie de irmão gêmeo.
3. Nietzsche aqui cita Aulo Gélio, mais precisamente suas *Noctes Atticae*, XVIII, XI, IV.

28 FRIEDRICH NIETZSCHE

mim, velho psicólogo e encantador de ratos, ante o qual *tem de se fazer soar* o que bem quereria *guardar silêncio*...

Também este escrito – o título o revela – é sobretudo um alívio, um borrão ensolarado, uma escapadela para o ócio de um psicólogo.[4] Talvez também uma nova guerra? E novos ídolos serão auscultados?... Este pequeno escrito é uma grande *declaração de guerra*: e no que diz respeito à auscultação de ídolos, desta vez eles não são ídolos de uma época, e, sim, ídolos *eternos*, aos quais aqui se toca com o martelo como se fosse um diapasão – afinal de contas, não há ídolos mais antigos, mais convencidos, mais inflados... E tampouco mais ocos... Isso não impede que eles sejam os mais *acreditados*; assim, mesmo nos casos mais nobres, de modo algum são chamados de ídolos...

Turim, 30 de setembro de 1888,
dia em que foi concluído o livro
da *Transvaloração de todos os valores*[5]
Friedrich Nietzsche

---

4. A ociosidade de um psicólogo foi o primeiro título pretendido por Nietzsche para a obra. A esse respeito, há que se especificar o sentido de psicólogo e de ócio para Nietzsche: o psicólogo é o das profundezas, de lá onde psicologia e fisiologia, sem serem disciplinas estanques, conjugam-se numa fisiopsicologia (cf. *Além do bem e do mal*, § 23). O âmbito pulsional, perscrutado pelo psicólogo, é um universo pródigo em sentimentos de potência, dinâmicas de atração e pluralidade de perspectivas; logo, é um universo onde não há teleologias, nem pontos fixos, nem anteparos, muito menos verdades. Nesse sentido, o ócio para Nietzsche deve ser entendido à luz do fragmento póstumo 16 [30], da primavera–verão de 1888: "Para um guerreiro do conhecimento, sempre em combate com as mais feitas verdades, a crença de que não há verdade é um grande banho e relaxamento dos membros. O niilismo é a nossa espécie de ociosidade...".
5. Trata-se de *O anticristo*, primeiro livro que comporia o projeto da "Transvaloração de todos os valores", também ele escrito no mês de setembro do prolífico ano de 1888 – o último da produção filosófica de Nietzsche. *O anticristo* comporia a obra em quatro volumes, a referida "Transvaloração", que inicialmente se chamaria *Vontade de potência*.

I. MÁXIMAS E FLECHAS

1

O ócio é o início de toda a psicologia. Como? Seria a psicologia – um vício?

2

Também o mais corajoso entre nós raras vezes tem a coragem de afirmar o que ele propriamente *sabe*...

3

Para viver só é preciso ser um animal ou um deus, diz Aristóteles. Falta o terceiro caso: é preciso ser ambos – ser *filósofo*...

4

"Toda a verdade é simples." Não será esta uma dupla mentira?

5

De uma vez por todas, há muitas coisas que eu *não* quero saber. A sabedoria traça limites, mesmo para o conhecimento.

6

É em sua natureza selvagem que o indivíduo melhor se recobra de sua não natureza, de sua espiritualidade...

7

Como? Será o homem apenas um equívoco de Deus? Ou será Deus apenas um equívoco do homem?

8

Da escola de guerra da vida. O que não me mata me fortalece.[1]

9

Ajuda a ti mesmo: então todo mundo te ajudará. Princípio de amor ao próximo.

---

1. A célebre formulação encontra-se também no fragmento póstumo 15 [118], de 1888, sob o título "Máximas de um hiperbóreo".

10

Que não se cometa nenhuma covardia contra suas ações! Não as abandone depois de as realizar! O peso na consciência é indecente.

11

Poderá um *asno* ser trágico? Sucumbir sob um fardo que já não se pode carregar nem lançar fora?... O caso do filósofo.

12

Tendo-se o seu *por quê?*, tolera-se da vida quase todo o seu *como?* O homem *não* aspira à felicidade; apenas os ingleses o fazem.[2]

13

O homem criou a mulher – mas de quê? De uma costela de seu deus – de seu "ideal"...

14

O quê? Tu buscas? Gostarias de te decuplicar, de se centuplicar? Buscas seguidores? Busque *zeros!*

15

Os homens póstumos – eu, por exemplo – são menos compreendidos do que os contemporâneos, mas são mais bem *ouvidos*. Para dizê-lo mais precisamente: jamais seremos compreendidos – daí nossa autoridade...

16

Entre mulheres. "A verdade? Oh, não conheceis vós a verdade! Não será ela um atentado contra todos os nossos *pudeurs* [pudores]?"

17

Eis aqui um artista com o que amo nos artistas, modesto em suas necessidades: na verdade ele quer ser apenas duas coisas, seu pão e sua arte – *panem et Circen* [pão e circo]...

---

2. A alusão aqui é ao utilitarismo inglês de Bentham e Stuart Mill, este último sendo citado na primeira seção de "Incursões de um extemporâneo".

18

Aquele que não sabe introduzir sua vontade nas coisas nelas introduz ao menos um sentido: isso significa que ele acredita já haver ali uma vontade (princípio da "fé").

19

Como? Haveis escolhido a virtude e o peito estufado ao mesmo tempo em que olhais enciumados para as vantagens dos irrefletidos? – Mas com a vontade se renuncia às "vantagens"... (para a porta de um antissemita).

20

A mulher perfeita comete a literatura como quem comete um pequeno pecado: como experiência, de passagem, voltando a cabeça para ver se alguém a está notando e *que* alguém a está notando...

21

Não se deve se meter em situações nas quais não são permitidas falsas virtudes, nas quais, tal como o funâmbulo sobre a sua corda, ou se cai ou se fica em pé – ou se esvai dali...

22

"Homens maus não têm canções." De onde vem que os russos tenham canções?

23

"Espírito alemão": depois de dezoito anos, uma *contradictio in adecto*.

24

Ao se buscar pelos começos o homem se torna caranguejo. O historiador olha para trás; por fim ele também *acredita* para trás.

25

A satisfação consigo protege até de resfriado. Alguma vez se resfriou mulher que se soubesse bem vestida? Suponho o caso de que ela apenas estivesse vestida.

26

Desconfio de todos os sistematizadores e os evito. A vontade de sistema é uma falta de lealdade.

27

A mulher é tomada por profunda – por quê? Porque nela jamais se chega ao fundo. A mulher nem mesmo é superficial.

28

Se a mulher tem virtudes masculinas, há que se fugir dela: e se não tem quaisquer virtudes masculinas, ela mesma foge.

29

"Quanto tinha de se remoer a consciência antigamente! Que bons dentes ela tinha! E hoje? O que lhe falta?" – pergunta de um dentista.

30

Raras vezes se comete uma única precipitação. Na primeira precipitação sempre se faz demais. Justamente por isso, via de regra, se comete uma segunda – e então se faz de menos...

31

O verme se encolhe quando pisado. Nisso mostra inteligência. Com isso ele diminui a possibilidade de ser pisado novamente. Na linguagem da moral: *humildade*.

32

Existe um ódio contra a mentira e a dissimulação que vem de um sensível conceito de honra: há ódio semelhante que vem da covardia, uma vez que a mentira é *proibida* por uma lei divina. Covarde demais para mentir...

33

Quão pouco é necessário para a felicidade! O som de uma gaita de fole. Sem música a vida seria um erro. O alemão imagina o próprio Deus a entoar canções.

34

On ne peut penser et écrire qu'assis [Não se pode pensar e escrever senão sentado] (G. Flaubert).[3] Com isso eu te pego, niilista! A vida sedentária[4] é bem o pecado contra o santo espírito. Só mesmo pensamentos *em movimento* possuem valor.

35

Existem casos em que nós psicólogos somos como cavalos, tomados de inquietude: vemos nossa própria sombra oscilar diante de nós, para cima e para baixo. O psicólogo tem de desviar a vista de si para poder enxergar.

36

Se nós imoralistas *prejudicamos* a virtude? Tão pouco quanto os anarquistas aos príncipes. Só mesmo depois de ser alvejados assentam-se de novo solidamente em seu trono. Moral: é preciso alvejar a moral.

37

Tu corres à frente dos outros? Tu o fazes como pastor? Ou como exceção? Um terceiro caso seria o desertor... *Primeira* questão de consciência.

38

És autêntico? Ou apenas um ator? Um representante? Ou o próprio representado? – Por fim, tu nada mais és do que a imitação de um ator... *Segunda* questão de consciência.

39

O desiludido fala. Eu buscava grandes homens, sempre encontrei apenas os *macacos* de seu ideal.

40

És tu alguém que olha? Ou que dá a mão? – ou aquele que desvia o olhar e sai pela tangente?... *Terceira* questão de consciência.

---

3. Citado de *Lettres de Gustave Flaubert à George Sand. Précédées d'une étude par Guy de Maupassant.* Paris, Charpentier, 1884, vol. III.
4. Intraduzível ao pé da letra. No original consta a expressão idiomática "Sitzfleisch", "carne sentada", em referência a "vida sedentária", formando uma contraposição com "pensar em movimento".

41

Queres acompanhar? Ou preceder? Ou ir por si?... É preciso saber o que se quer e *que* se quer. *Quarta* questão de consciência.

42

Esses foram degraus para mim, deles me servi para subir – por isso tive de lhes passar por cima. Mas eles pensavam que eu queria repousar-me neles...

43

Que importa *eu* ter razão? *Tenho* razão demais. E quem hoje ri melhor ri também por último.

44

Fórmula de minha felicidade: um sim, um não, uma linha reta, uma *meta*...

II. O PROBLEMA DE SÓCRATES[1]

1

Os mais sábios em todos os tempos têm feito o mesmo juízo sobre a vida: *ela não serve para nada*. Sempre e por toda parte se ouviu o meu tom a sair de sua boca – um tom cheio de dúvida, cheio de melancolia, de cansaço da vida, de resistência à vida. O próprio Sócrates, ao morrer, disse: "viver – isso significa de há muito estar doente: estou devendo um galo ao salvador Asclépio". Mesmo Sócrates estava farto – o que isso *prova*? O que isso *indica*? Outrora se disse: "oh, isso foi dito, e em voz suficientemente alta, e nossos pessimistas à frente!"; "deve ter algo de verdadeiro aqui! O *consensus sapientium* comprova a verdade". Falamos nós ainda hoje desse jeito? *Poderíamos* fazê-lo? "Em todo caso, deve haver aí algo de *doente*" – eis então a *nossa* resposta: esses mais sábios de todos os tempos, seria antes o caso de os ver de perto! Talvez já não tenham firmeza sobre as pernas? Ou sejam tardios? Titubeantes? *Décadents*? Talvez a sabedoria apareça sobre a Terra ao modo de um corvo, entusiasmado com um pequeno odor de carniça?...

2

Essa irreverência, de pensar os grandes sábios como *tipos de declínio*, ocorreu-me pela primeira vez num caso no qual o preconceito letrado e iletrado se opôs com mais força: reconheci Sócrates e Platão como sintomas de decadência, como instrumentos da dissolução grega, como pseudogregos, como antigregos (*O nascimento da tragédia*, 1872). Esse *consensus sapientium* – isso eu compreendo cada vez melhor – comprova ao menos que eles tinham razão em seu ponto de concordância: comprova antes que eles próprios, esses mais sábios dos homens, concordavam de um modo algo *fisiológico*, para adotar – para *ter de* adotar – uma mesma atitude, negativa, perante a vida. Os juízos, os juízos de valor sobre a vida, pró ou contra ela, jamais podem ser em última instância

---

1. Note-se aqui de antemão que com "O problema de Sócrates" ("*Das Problem des Sokrates*") não se trata do problema que Sócrates teórica e conscientemente vem colocar a seus contemporâneos (seja na praça do mercado, seja nos círculos filosóficos) e legar à história da filosofia, mas o registro é, isso sim, o do problema que o próprio Sócrates constitui e personifica, não desde o seu questionamento dialético, mas desde a sua configuração instintual e do quadro mais amplo do qual ela se faz sintoma.

36 FRIEDRICH NIETZSCHE

verdadeiros: têm valor apenas como sintomas, apenas como sintomas entram em linha de conta – em si, tais juízos são bobagens. É preciso estender ao máximo os dedos e fazer a admirável tentativa de captar essa espantosa *finesse* [sofisticação], *de que o valor da vida não pode ser avaliado.* Não o pode ser por um ser vivo, já que este é parte e mesmo objeto de litígio, e não juiz: não o pode ser por um morto, por um motivo outro. Que um filósofo enxergue no *valor* da vida um problema, a ponto de ele ser mesmo uma objeção contra ela, um sinal de interrogação à sua sabedoria, uma não sabedoria. "Como? E então todos esses grandes sábios... não teriam sido apenas *décadents*, nem mesmo sábios teriam sido?" – mas com isso volto ao problema de Sócrates.

3

Por sua ascendência, Sócrates pertencia ao mais baixo do povo: Sócrates era plebe. Sabe-se, e ainda se pode ver, quão feio ele era. Mas a feiura, em si uma objeção, entre os gregos era uma quase que refutação. Teria sido Sócrates realmente um grego? Com bastante frequência a feiura é a expressão de uma evolução cruzada, *obstruída* pelo cruzamento. Em outros casos, aparece como desenvolvimento *declinante*. Os antropólogos entre os criminalistas nos dizem que o criminoso típico é feio: *monstrum in fronte, monstrum in animo* [monstro de aspecto, monstro de alma]. Mas o criminoso é um *décadent*. Teria sido Sócrates um criminoso típico? Isso ao menos não estaria em contradição com esse célebre juízo fisionômico, que aos amigos de Sócrates pareceu tão escandaloso. Ao chegar a Atenas, um estrangeiro versado em rostos disse a Sócrates, na cara, que ele era um *monstrum* – ele abrigava em si todos os vícios e apetites ruins. E Sócrates lhe respondeu simplesmente: "Vós me conheceis, meu senhor!".

4

Para a *décadence*[2] em Sócrates apontavam não apenas o desregramento e a anarquia dos instintos, assumidos por ele próprio: faziam-no também

---

2. Chave para a compreensão do teor específico das críticas desferidas em *Crepúsculo dos ídolos*, *décadence* é noção presente também nos demais livros do ano de 1888, como *O caso Wagner*, *O anticristo* e *Ecce homo*. Sempre grafado em francês, o termo "décadence" é oriundo da leitura, por Nietzsche, dos *Essais de psychologie contemporaine* (1883), de Paul Bourget. Com a visão biologizante a prevalecer em todo o século XIX, o fenômeno biológico da degeneração é reconhecido por Bourget na cena literária de seu tempo. A formulação mais clara do fenômeno se dá em seu ensaio sobre Baudelaire: "Um estilo de *décadence* é aquele em que a unidade do livro se decompõe para dar lugar à independência da página, em que a página se decompõe para

II. O PROBLEMA DE SÓCRATES 37

a superfetação do lógico e aquela *malvadez de raquítico* que o distinguia. Também não nos esqueçamos das alucinações auditivas, às quais se interpretou em sentido religioso como "demônio de Sócrates". Tudo nele é exagerado, *buffo* [bufo], caricatura, tudo é ao mesmo tempo oculto, repleto de segundas intenções, subterrâneo. Procuro compreender de qual idiossincrasia provém aquela equivalência socrática entre razão = virtude = felicidade: essa mais bizarra de todas as equivalências tem contra si, em especial, todos os instintos dos antigos helenos.

5

Com Sócrates, o gosto grego se transforma em favor da dialética: o que realmente acontece ali? Antes de tudo, com isso se tem derrotado um gosto *nobre*; com a dialética, o povo assume posição sobranceira. Antes de Sócrates, na boa sociedade se repudiavam as maneiras dialéticas: tinham-nas por maus modos, eram comprometedoras. Contra elas se advertia a juventude. Também se desconfiava de quem exibisse suas razões de forma semelhante a ela. As coisas honestas, como as pessoas honestas, não trazem assim, à mão, as suas razões. É indecente mostrar todos os cinco dedos. Tem pouco valor o que a princípio se precisa demonstrar. Em todo lugar onde a autoridade ainda faz parte dos bons costumes, onde não se "fundamenta", mas se ordena, a dialética é uma espécie de palhaço. As pessoas riem dele, não o tomam a sério. Sócrates foi o palhaço que se *quis levar a sério*: o que se deu aí, propriamente?

6

Escolhe-se a dialética apenas quando não se tem outro meio. Sabe-se que ela suscita desconfiança, que ela convence pouco. Nada é mais fácil de apagar do que um efeito de um dialético: a experiência de toda assembleia em que se discute vem comprová-lo. A dialética pode ser apenas um recurso de *legítima defesa* nas mãos daquele que já não tem quaisquer outros meios. É preciso que se tenha de *obter por força* o seu direito: ou

---

dar lugar à independência da frase, e a frase se decompõe para dar lugar à independência da palavra". Cf. BOURGET, P. *Essais de psychologie contemporaine – Études littéraires*. Tradução livre do autor. Paris, Gallimard, 1993, p. 14. O Nietzsche psicólogo, ou mais precisamente fisiopsicólogo, do *Crepúsculo dos ídolos*, transpõe esse conceito para a fisiologia humana, e compreende como, com Sócrates e a partir de Sócrates, no tecido cultural como no organismo humano, o desregramento dos instintos foi potencializado pelo que Nietzsche chama de "superfetação do lógico", isto é, pelo arvorado predomínio inconteste da razão em detrimento das demais funções orgânicas.

38   FRIEDRICH NIETZSCHE

então não se faz nenhum uso dela. Por isso que os judeus eram dialéticos; a raposa Reinecke o era;[3] como? Era-o também Sócrates?

7

Seria a ironia de Sócrates uma expressão de revolta? De ressentimento plebeu? Na condição de oprimido, estaria ele a desfrutar de sua própria ferocidade nas ferroadas do silogismo? *A se vingar* dos aristocratas a quem fascina? Tem-se, como dialético, um instrumento implacável em mãos; com ele pode se fazer tirano; expõe-se o outro ao vencê-lo. A seu adversário o dialético lega a tarefa de provar que não é um idiota: torna furioso, ao tempo mesmo em que desamparado. O dialético *despotencia* o intelecto do opositor. Como? Seria a dialética apenas uma forma de *vingança* em Sócrates?

8

Dei a entender de que maneiras Sócrates podia ser repugnante: tanto mais falta explicar *por que* ele fascinava. Uma das razões foi ele ter descoberto uma nova espécie de *agon* [luta], nisso tendo ele sido o primeiro mestre da esgrima entre os círculos aristocráticos de Atenas. Ele fascinava ao remexer no impulso agonal de luta entre os helenos – e trouxe uma variante para a luta entre homens jovens e adolescentes. Sócrates foi o primeiro grande *erótico*.

9

Porém Sócrates adivinhou ainda algo mais. Viu o que havia *por trás* dos atenienses; compreendeu que o *seu caso*, a sua idiossincrasia de caso, já não era exceção. A mesma espécie de degenerescência preparava-se em silêncio por toda parte: a antiga Atenas chegava ao fim. E Sócrates compreendeu que o mundo inteiro *necessitava* dele – de seus remédios, de seus cuidados, de sua habilidade pessoal de autoconservação... Por toda parte os instintos estavam em anarquia; por toda parte estava-se a cinco passos do excesso: o *monstrum in animo* era o perigo geral. "Os impulsos querem se fazer tiranos; é preciso inventar um contratirano, que seja mais forte"... Ao que aquele fisionomista revelou a Sócrates quem ele era, um poço de apetites ruins, o grande irônico pronunciou

---

3. A "raposa Reinecke" é uma referência ao personagem popularizado por Goethe na Alemanha por meio de seu poema *Reinecke Fuchs* [a raposa Reinecke], de 1793.

ainda uma frase que se revelou a chave para compreendê-lo. "É verdade, disse ele, mas eu me tornei senhor de todos eles." De que modo Sócrates fez-se senhor de *si*? Seu caso foi, no fundo, apenas o caso extremo, apenas aquele que mais saltava aos olhos, do que então começava a ser a calamidade geral: a de que ninguém mais se fazia senhor de si, a de que os instintos voltavam-se uns *contra* os outros. Ele fascinava como esse caso extremo – sua amedrontadora feiura expressava-o para todos os olhos: ele fascinava, tal se entende por si só, ainda mais intensamente como resposta, como solução, como aparência de *cura* para esse caso.

10

Quando se necessita fazer da *razão* um tirano, como fez Sócrates, não há de ser pequeno o risco de que algo outro o faça de tirano. A racionalidade foi então imaginada como *salvadora*, nem Sócrates nem seus "doentes" estiveram livres para ser razoáveis – isso era *de rigueur* [de rigor], era seu último recurso. O fanatismo com que a inteira reflexão grega se lança à racionalidade revela uma situação de emergência: estava-se em risco, não havia escolha: ou sucumbir ou... ser *absurdamente racional*... O moralismo dos filósofos gregos desde Platão é patologicamente condicionado; da mesma forma a sua apreciação da dialética. Razão = virtude = felicidade significa tão somente: é preciso imitar Sócrates e contra seus obscuros apetites implantar, em caráter permanente, a *luz do dia* – a luz do dia da razão. É necessário a qualquer preço ser esperto,[4] preciso, claro: toda concessão aos instintos, ao inconsciente, *conduz para baixo*...

11

Eu dei a entender de que modo Sócrates fascinava: ele parecia um médico, um salvador. Será preciso ainda mostrar o erro que havia em sua crença na "racionalidade a qualquer preço"? É um autoengano da parte dos filósofos e moralistas imaginarem-se sair da *décadence* em lhe

---

4. Difícil é a tradução do termo *klug*, que é o adjetivo referente ao substantivo *Klugheit*. Em alemão ele compreende um espectro de sentidos que vai da ideia de inteligência, esperteza, sagacidade, até a de prudência. Por esse motivo, para esse termo as traduções existentes apresentam uma variação que, justamente, vai de "esperto" a "prudente", passando por "inteligente". Nós aqui alinhamo-nos à opção de Rubens Rodrigues Torres Filho (autor da incomparável tradução do volume de Nietzsche "Obras incompletas", da edição *Os pensadores*, da Abril Cultural). Intimamente relacionada à tarefa da transvaloração dos valores, a noção de esperteza (*Klugheit*) é esboçada de maneira mais alentada – mesmo assim também enigmática, indo na direção oposta à de algum imperativo consciente – em *Ecce homo*, capítulo "Por que sou tão esperto?" [ou inteligente, a depender da tradução], sobretudo em sua seção 9.

fazendo a guerra. Sair dela é algo que está fora de suas forças: o que eles escolhem como remédio, como salvação, este por sua vez mais não é do que a expressão da *décadence* – *modificam* sua expressão, de modo algum a suprimem. O caso de Sócrates foi um mal-entendido; *a inteira moral do aperfeiçoamento, mesmo a cristã, foi um mal-entendido...* A mais gritante luz do dia, a racionalidade a qualquer preço, a vida clara, fria, cautelosa, consciente, sem instinto, resistente aos instintos, ela própria foi apenas uma doença, uma outra doença – e de modo algum um retorno à "virtude", à "saúde", à felicidade... Ter de combater os instintos – eis a fórmula para a *décadence*: enquanto a vida *ascende*, felicidade é igual a instinto.

12

Chegou a compreender isso ele próprio, o mais esperto entre todos os ludibriadores de si? Terá ele por fim dito isso a si próprio, na *sabedoria* de sua coragem para a morte?... Sócrates *queria* morrer: não foi Atenas, ele se deu o copo de veneno, ele forçou Atenas ao copo de veneno... "Sócrates não é médico", ele se diz em voz baixa: só mesmo a morte é médico aqui... O próprio Sócrates apenas esteve doente um longo tempo...

III. A "RAZÃO" NA FILOSOFIA

1

Vocês me perguntam qual seria a idiossincrasia dos filósofos?... Por exemplo, a sua falta de sentido histórico, seu ódio contra a ideia mesma de vir-a-ser, seu egipcismo.[1] Acreditam fazer uma honra a uma coisa quando a desistoricizam, *sub specie aeterni* [da perspectiva da eternidade], quando fazem dela uma múmia. Tudo o que os filósofos manejaram, desde milênios, foram conceitos-múmias; nada de realmente vivo saía de suas mãos. Eles matam, eles empalham, esses senhores idólatras de conceitos – tornam-se um perigo mortal para todos, quando os adoram. A morte, a mudança, a velhice, assim como a geração e o crescimento, lhes são objeções – refutações, até mesmo. O que é *não se torna*; o que se torna *não é*... E eis que todos acreditam, até mesmo com desespero, no ser. Mas, como não o podem apreender, buscam por motivos pelos quais lhes é negado. "Deve haver uma aparência, uma enganação, a fazer com que não o possamos perceber: onde se esconde o enganador?" "Nós o temos, gritam, bem-aventurados, na sensualidade! Os sentidos, *que também em outros aspectos* são tão imorais, eles nos enganam acerca do mundo verdadeiro. Moral: livrar-nos do engano dos sentidos, do vir-a-ser, da história, da mentira – a história nada mais é do que a crença nos sentidos, a crença na mentira. Moral: dizer não a tudo o que remete à crença nos sentidos, a todo o resto da humanidade: tudo isso é 'povo'. Ser filósofo, ser múmia, representar o *monotonoteísmo* com mímica de coveiro! E, sobretudo, fora com o *corpo*, com essa lamentável *idée fixe* [ideia fixa] dos sentidos! Acometido com todos os erros da lógica, refutado, impossível até mesmo, ainda que insolente o bastante para se portar como se fosse real!..."

---

1. A noção de "egipcismo" está intimamente relacionada à "falta de sentido histórico". Remete a um ponto isolado no tempo, e ali petrificado, que, por falta de sentido histórico, imagina-se entre atemporal e eterno. Trata-se de uma fórmula para definir o apego à fixidez e a negação do que se transforma, do vir-a-ser. No ciclo de *Humano, demasiado humano* (1878-1880), Nietzsche usa esse traço característico para os alemães: "..., se um povo tem muita coisa firme, isso é uma prova de que quer petrificar-se, gostaria de tornar-se monumento: como foi o caso do Egito, a partir de certo momento" (cf. *Máximas, opiniões e sentenças diversas*. In: NIETZSCHE, F. *Humano, demasiado humano II*. Trad. Paulo César de Souza. São Paulo, Companhia das Letras, 2008, p. 135 (§ 323).

2

É com grande reverência que ponho de parte o nome de *Heráclito*. Se os demais filósofos rejeitavam o testemunho dos sentidos, porque estes são múltiplos e mutáveis, ele o rejeitava porque mostravam as coisas como se tivessem duração e unidade. Também Heráclito foi injusto com os sentidos. Estes mentem não da forma como acreditavam os eleatas nem como ele próprio imaginava – em geral não mentem. É o que nós *fazemos* de seu testemunho, que ali insere a mentira, a mentira da unidade, por exemplo, a mentira da coisidade, da substância, da duração... Quando mostram o sentido do vir-a-ser, do decorrer, da mudança, os sentidos não mentem... Mas Heráclito terá eternamente razão ao afirmar que o ser é uma ficção vazia. O mundo "aparente" é o único: o "mundo verdadeiro" é apenas *acrescentado por mentira...*

3

E que finos instrumentos de observações temos nós em nossos sentidos! Este nariz, por exemplo, do qual ainda filósofo algum falou com reverência e gratidão, o nariz chega a ser mesmo, provisoriamente, a ferramenta mais delicada que temos à disposição: é capaz de constatar mesmo as diferenças mínimas de movimento, que o próprio espectroscópio não registra. Possuímos ciência hoje na exata medida em que decidimos *aceitar* o testemunho dos sentidos – ao que os aguçamos e armamos, aprendendo a pensá-los até o fim. O resto é aborto e ainda--não-ciência: isso quer dizer, metafísica, teologia, psicologia, teoria do conhecimento. *Ou* ciência formal, teoria dos signos: como a lógica e aquela lógica aplicada, a matemática. Nelas, a realidade não aparece, nem ao menos como problema: tampouco como a questão sobre qual valor tem em geral tal convenção de signos, como é a lógica.

4

A *outra* idiossincrasia dos filósofos não é menos perigosa: ela consiste em confundir as coisas últimas com as primeiras. Inserem no começo, *como* começo, o que vem ao final – infelizmente! Pois nem deveria vir! –, os "conceitos mais elevados", isto é, os conceitos mais gerais, os conceitos mais vazios, como última fumaça da realidade a se evaporar. De novo se tem aí apenas a expressão de seu modo de venerar: o que é de primeira ordem tem de ser *causa sui*. A procedência de algo outro é tida por objeção, como contestação de valor. Todos os valores superiores são de primeira ordem, todos os conceitos mais elevados, o ser, o incondicionado, o bem, o verdadeiro, o perfeito – nada disso pode ter se tornado, e por consequência *tem de* ser *causa sui*. Mas nenhuma dessas coisas tampouco pode ser desigual uma da outra, não pode estar em contradição consigo mesma... É assim que os filósofos chegam a seu estupendo conceito de "Deus"... A coisa última, a mais tênue, a mais vazia, é posta como primeira, como causa em si, como *ens realissimum* [ente realíssimo]... O caso é que a humanidade teve de levar a sério os padecimentos mentais desses doentios tecedores de teias! E pagou caro por isso!...

5

A isso vamos por fim contrapor o modo diferente pelo qual nós – digo "nós" por cortesia... – apreendemos o problema do erro e da aparência. Antes se tomava a mudança, a variação, o vir-a-ser em geral, como comprovação da aparência, como sinal de que aí haveria algo a nos induzir ao erro. Hoje, ao contrário, vemos exatamente tão longe quanto o preconceito da razão nos coage a posicionar a unidade, a identidade, a duração, a substância, a causa, a coisidade, o ser, vemos que de certo modo ele nos enreda no erro, ele *necessita* do erro: tão certos estamos nós, com base num rigoroso exame, *de que* ali está um erro. Não é algo diferente o que se passa com os movimentos do grande astro: ali o erro tem nosso olho como contínuo advogado, aqui ele tem a nossa *linguagem*. Por seu surgimento, a linguagem pertence à época das formas mais rudimentares de psicologia: adentramos um grosseiro fetichismo se tomamos consciência dos pressupostos básicos da metafísica da linguagem, isto é, da *razão*. Ali se vê por toda parte agentes e ações: de modo geral se crê na vontade como causa; acredita-se no "eu", no eu como ser, no eu como substância, e projeta-se a crença no eu-substância em todas as coisas – com isso *se cria* o conceito "coisa"... Por toda parte o ser é imaginado como causa, *imiscuído* como causa; da concepção "eu" segue-se tão somente, por dedução, o conceito "ser"... No início se tem a grande fatalidade do erro pelo qual a vontade é algo que atua – pelo qual a vontade é uma *faculdade*... Hoje sabemos que ela é apenas uma palavra... Muito mais tarde, num mundo muito mais esclarecido, foi com surpresa que chegou à consciência dos filósofos a *segurança*, a subjetiva *certeza* no manejo das categorias da razão: eles concluíram que estas não podiam advir da empiria – a inteira empiria, afinal, está em contradição com elas. *De onde provêm, então?* E na Índia, como na Grécia, cometeu-se o mesmo erro: "devemos já ter estado alguma vez, secretamente, num mundo superior – em vez de *num muito inferior*: o que seria a verdade! –, devemos ter sido divinos, *pois* temos a razão!"... Na verdade, até agora nada teve um poder de persuasão mais ingênuo do que o erro do ser, tal como, por exemplo, formulado pelos eleatas: afinal, ele tem a seu favor cada palavra, cada frase que pronunciamos! Também os adversários dos eleatas sucumbiram à sedução de seu conceito de ser: Demócrito entre outros, quando inventou o seu átomo... A "razão" na linguagem: oh, mulher velha e embusteira! Temo que não nos desvencilharemos de Deus porque ainda acreditamos na gramática...

6

Serei alvo de gratidão se condensar visão tão essencial e tão nova em quatro teses: com isso facilito a compreensão, e com isso suscito a contradição.

Primeira tese: as razões pelas quais "este" mundo é caracterizado como aparente muito mais fundam sua realidade – *outra* espécie de realidade é absolutamente indemonstrável.

Segunda tese: as características dadas ao "verdadeiro ser" das coisas são as características do não ser, do *nada* – o "mundo verdadeiro" foi erigido da contradição com o mundo real: de fato um mundo aparente, uma vez que ele é meramente uma ilusão de *óptica moral*.

Terceira tese: fabular "outro" mundo a partir deste não tem sentido algum, pressupondo que em nós não domine um instinto de calúnia, de detração, de suspeita em relação à vida: em último caso, nós nos *vingaremos* da vida com a fantasmagoria de uma vida "outra", de uma vida "melhor".

Quarta tese: dividir o mundo em um "verdadeiro" e um "aparente", seja à maneira do cristianismo, seja à maneira de Kant (um *pérfido* cristão, afinal de contas), é apenas uma sugestão de *décadence* – um sintoma de vida *declinante*... Que o artista tenha em mais alta estima a aparência que a realidade, aí não se tem objeção alguma contra essa tese. Pois "a aparência" aqui significa a realidade *ainda uma vez*, mas sob a forma de uma seleção, de fortalecimento, de correção. O artista trágico *não* é um pessimista – ele diz sim a tudo o quanto é problemático, mesmo ao que é terrível, ele *é dionisíaco*...

IV. COMO O "MUNDO VERDADEIRO" FINALMENTE SE CONVERTEU NUMA FÁBULA
A HISTÓRIA DE UM ERRO

1

O mundo verdadeiro acessível ao sábio, ao devoto, ao virtuoso – ele vive nesse mundo, ele é esse mundo.

(A forma mais antiga da ideia, relativamente esperta, simples, convincente. Perífrase da tese "eu, Platão, *sou* a verdade".)

2

O "mundo verdadeiro", inacessível por ora, mas prometido ao sábio, ao devoto, ao virtuoso ("ao pecador que fizer penitência").

(Progresso da ideia: ela se torna mais tênue, mais insidiosa, mais abrangente – *ela se torna mulher*, ela se torna cristã...)

3

O "mundo verdadeiro", inacessível, indemonstrável, impossível de prometer, mas já enquanto pensado é um consolo, uma obrigação, um imperativo.

(O velho sol ao fundo, entremeado, porém, pela neblina e pelo ceticismo: a ideia tornada sublime, pálida, nórdica, königsberguiana.)

4

O "mundo verdadeiro" – inalcançável? Em todo caso, não atingido. E como não atingido, também *desconhecido*. Por via de consequência, também não consolador, redentor, obrigatório: a que nos obrigaria algo desconhecido?...

(Manhã cinzenta, primeiro bocejo da razão. Canto do galo do positivismo.)

5

O "mundo verdadeiro" – uma ideia que de nada mais serve, que mesmo não obriga a nada –, uma ideia inútil, uma ideia tornada supérflua, por consequência uma ideia refutada: suprimemo-la!

(Dia claro; café da manhã; retorno do *bon sens* [bom senso] e da serenidade; Platão ruboriza de vergonha: algazarra dos diabos por todos os espíritos livres.)

6

Abolimos o mundo verdadeiro: qual mundo permanece? O das aparências, talvez?... Mas não!, *com o mundo verdadeiro abolimos também o aparente!*

(Meio-dia: instante da mais curta sombra; final do mais longo dos erros; ponto alto da humanidade; *Incipit Zaratustra* [Inicia-se Zaratustra].[1]

---

1. Essa expressão está aqui a ecoar o final do livro IV de *A gaia ciência*, em seu aforismo 342, que assim concluía o livro em sua primeira edição, de 1882. Isso significa que sua aparição em *A gaia ciência* está a imediatamente antecipar o "Prólogo" de *Assim falou Zaratustra*, a obra que vem na sequência.

V. MORAL COMO CONTRANATUREZA

1

Todas as paixões têm um tempo em que são meramente nefastas, em que levam para baixo suas vítimas com o peso da estupidez – e uma época tardia, muito mais tardia, em que se casam com o espírito, se "espiritualizam". Outrora, em vista da estupidez na paixão, fazia-se guerra à própria paixão: conjurava-se para a sua aniquilação – todos os velhos monstros da moral são unânimes quanto a *"il faut tuer les passions"* [é preciso matar as paixões]. A mais célebre fórmula para isso está no Novo Testamento, no Sermão da Montanha, onde, seja dito de passagem, as coisas de modo algum são contempladas *do alto*. Lá se diz, por exemplo, com aplicação à sexualidade, "se teu olho te faz pecar, arranca-o": felizmente, cristão algum agiu segundo esse preceito. *Aniquilar* as paixões e os desejos apenas por sua estupidez e para evitar os efeitos desagradáveis de sua estupidez parece-nos hoje tão somente uma forma aguda de estupidez. Já não nos admiramos dos dentistas, que *extraem* os dentes para que não doam mais... Por outro lado, com alguma equidade se deve admitir que, no terreno em que vicejou o cristianismo, o conceito de "espiritualização da paixão" de modo algum podia ser concebido. Pois a Igreja, como se sabe, lutava contra os "inteligentes" em favor dos "pobres de espírito": como se poderia dela esperar uma guerra inteligente contra a paixão? A Igreja combate as paixões com extirpação em todos os sentidos: sua prática, sua "cura" é a *castração*. Ela jamais pergunta: "como se espiritualiza, como se embeleza, como se diviniza um desejo?" – em todos os tempos ela pôs a ênfase da disciplina na erradicação (da sensualidade, do orgulho, do desejo de dominar, de possuir e de vingar). Mas atacar as paixões pela raiz significa atacar a vida pela raiz: a prática da Igreja é *hostil à vida*...

2

O mesmo remédio, a mutilação, a erradicação, é escolhido instintivamente na luta com um desejo por aqueles de vontade fraca, que são por demais degenerados para poder lhe impor moderação: para naturezas assim constituídas faz-se necessária *La Trappe*,[1] para usar uma alegoria

---

1. La Trappe é o nome de um mosteiro francês situado em Soligny-la-Trappe, no Orne, conhecido por ser a casa de origem dos monges trapistas, cujo nome formal é Ordem dos

48   FRIEDRICH NIETZSCHE

(e sem alegoria), de algo como uma definitiva declaração de inimizade, um *abismo* entre eles e a paixão. Os remédios radicais são indispensáveis apenas aos degenerados: a fraqueza da vontade, dizendo-o mais precisamente, a incapacidade de não reagir a um estímulo, mais não é do que outra forma de degenerescência. A inimizade radical, a inimizade mortal contra a sensualidade não deixa de ser um sintoma digno de consideração: tem-se o direito a fazer suposições sobre a condição geral de alguém que comete excessos. Essa inimizade, esse ódio, aliás, atinge o seu clímax apenas quando tais naturezas já não possuem firmeza o bastante mesmo para a cura radical, para renunciar a seu "diabo". Que se vislumbre a inteira história de sacerdotes e filósofos, chegando aos artistas: o que há de mais venenoso contra os sentidos *não* foi dito pelos impotentes *nem* pelos ascetas, e, sim, pelos ascetas impossíveis, que haveriam tido a necessidade de ser ascetas...

3

A espiritualização da sensualidade se chama *amor*: ela é o maior dos triunfos sobre o cristianismo. Outro triunfo é a nossa espiritualização da *inimizade*. Ela consiste em compreender profundamente o valor que há em se ter inimigos: logo, em agir e concluir de maneira inversa àquela pela qual antes se agia e se concluía. Em todos os tempos a Igreja desejou a aniquilação de seus inimigos: nós, nós imoralistas e anticristãos, vemos nossa vantagem aí, no fato de a Igreja subsistir... Também na política a inimizade fez-se agora espiritualizada – muito mais esperta, mais reflexiva, mais *cuidadosa*. Quase todo partido vê que seu interesse de autoconservação está em que o partido oposto não esgote suas forças; o mesmo vale para a grande política. Uma nova criação, o novo Reich,[2] por exemplo, necessita mais de inimigos do que de amigos: apenas por contraste ela começa a se sentir necessária, a se tornar necessária. Não será outra a nossa atitude para com o "inimigo interno": também ali nós espiritualizamos a hostilidade, também ali compreendemos o seu *valor*. Somos *fecundos* tão somente ao preço de

---

Cistercientes da Estrita Observância, conhecidos justamente pela estrita observância de suas normas. Entretanto, com a menção a essa ordem, a alusão a se pensar aqui deve ser mais a Schopenhauer, associado à "la Trappe" na seção 3 da terceira das *Considerações extemporâneas*, "Schopenhauer como educador".
2. Mantivemos aqui *Reich* (Império) no original, uma vez que Nietzsche evidentemente está se referindo ao Segundo Reich alemão (1871-1918), seu contemporâneo originado pela Unificação Alemã, liderado pela Prússia de Otto von Bismarck.

sermos ricos em antagonismos: só nos mantemos jovens sob a condição de que a alma não repouse, de que ela não deseje a paz... Nada se nos fez mais estranho que o desiderato de outros tempos, a "paz da alma", o desiderato *cristão*; nada nos faz menos inveja que a vaca moral e a felicidade gorda da boa consciência. Renuncia-se à *grande* vida quando se renuncia à guerra... Em muitos casos, por certo, a "paz da alma" é apenas um mal-entendido – algo outro, a que apenas não se saberia designar honestamente. Sem rodeios nem preconceitos, vou citar alguns casos, "paz da alma" pode ser, por exemplo, a irradiação suave de uma animalidade rica no domínio moral (ou religioso). Ou o início do cansaço, a primeira sombra lançada pela noite, por qualquer espécie de noite. Ou um sinal de que o ar está úmido, de que se aproximam ventos do sul. Ou a gratidão involuntária por uma digestão feliz (também chamada "amor à humanidade"). Ou a calmaria junto ao convalescente, que sente um novo gosto em todas as coisas e que espera... Ou o estado que se segue a uma satisfação intensa de nossa paixão dominante, o bem-estar de uma rara saciedade. Ou a caducidade de nossa vontade, de nossos desejos, de nossos vícios. Ou a preguiça, que a moral convence a adornar-se moralmente. Ou então a chegada de uma certeza, de uma certeza mesmo terrível, após uma prolongada tensão e um martírio pela incerteza. Ou a expressão da maturidade e da maestria em meio à atividade, ao criar, ao atuar, ao querer, à respiração suave, à alcançada "liberdade da vontade"... *Crepúsculo dos ídolos*: quem sabe? Talvez também seja apenas uma espécie de "paz da alma"...

4

O que é princípio, eu o trarei em fórmula. Todo naturalismo em moral, isto é, toda a moral *saudável*, é dominada pelo instinto de vida – algum mandamento da vida é satisfeito por um certo cânone de "deves" e "não deves", algum entrave e hostilidade no caminho da vida, sendo assim afastado. A moral *antinatural*, e isso significa quase toda moral que até agora foi ensinada, venerada e apregoada, dirige-se, ao contrário, contra os instintos de vida – ela é uma *condenação*, ora secreta, ora ruidosa e impertinente, desses instintos. Ao que ela diz "Deus olha no coração", ela diz não às aspirações mais baixas e elevadas da vida e considera Deus o *inimigo da vida*... O santo que apraz a Deus é o castrado ideal... A vida tem seu fim lá onde *começa* o "Reino de Deus"...

5

Dado que se compreendeu o ultraje de tal revolta contra a vida, revolta que se tornou quase sacrossanta na moral cristã, com isso felizmente se terá compreendido também outra coisa: o que há de inútil, de aparente, de absurdo, de *mentiroso* em tal revolta. Uma condenação da vida por parte do vivente é, afinal de contas, apenas o sintoma de uma determinada espécie de vida: a pergunta sobre se isso se justifica ou não nem ao menos foi lançada. Seria preciso ter uma posição *fora* da vida e, por outro lado, conhecê-la tão bem quanto alguém, quanto muitos, quanto todos que a viveram, para de algum modo poder tocar no problema do *valor* da vida: razões suficientes para compreendermos que o problema está fora de nosso alcance. Se falamos de valores, falamos sob a inspiração, sob a óptica da vida: a própria vida nos coage a estabelecer valores, a própria vida valoriza por meio de nós, quando estabelecemos valores... Segue-se daí que mesmo aquela *contranatureza da moral*, que concebe Deus como ideia contrária, como condenação da vida, é apenas um juízo do valor da vida – de qual vida? *De qual* tipo de vida? – Ora, já dei a resposta: da vida declinante, da vida enfraquecida, cansada, condenada. A moral, como até agora foi entendida – e que teve com Schopenhauer a sua última formulação, como "negação da vontade de vida" – é o *instinto de décadence*, que faz de si um imperativo. Ela diz: "pois pereça!", ela é a condenação dos condenados...

6

Consideremos por fim, ainda, a ingenuidade que se tem ao dizer "o homem deveria ser feito assim e assim!". A realidade nos mostra a tão encantadora riqueza de tipos, a profusão própria a um jogo opulento e de formas que se alternam: e então, a esse respeito algum pobre moralista de esquina vem nos dizer: "não! O homem deveria ser *de outro modo*"?... Chega a saber como ele deveria ser, esse pobre diabo e santarrão, a si próprio se desenha na parede e diz "ecce homo!"... Mas mesmo quando o moralista se dirige tão somente ao indivíduo e lhe diz "*tu* deverias ser desse e daquele modo!", ele não cessa de se fazer ridículo. O indivíduo, de frente e de trás, é uma parcela de *fatum*, uma lei a mais, uma necessidade a mais para tudo o quanto virá e será. Dizer para ele "pois mude" significa exigir que tudo mude, até mesmo o que ficou para trás... E na verdade houve moralistas consequentes a querer que o homem fosse outro, ou seja, virtuoso, a querê-lo segundo o seu modelo, ou seja, como santarrão: para tanto *negavam* o mundo! Tolice que não era pequena! Imodéstia de tipo nada modesto!... A moral, uma vez que condena, em si, *sem* partir de apreços ou considerações, intenções próprias à vida, é um erro específico com o qual não se deve ter compaixão alguma, ela é uma *idiossincrasia de degenerados*, que instilou danos incalculáveis!... Nós que somos diferentes, nós, imoralistas, no sentido inverso abrimos amplamente o coração para todo tipo de entendimento, de compreensão, de *aprovação*. Não é fácil de negar, buscamos nossa honra em ser *afirmadores*. Nossos olhos cada vez mais atentam a essa economia que precisa e sabe empregar tudo o quanto a santa loucura e a razão *enferma* do sacerdote recusa, atentam a essa economia que se faz lei da vida, que extrai vantagem mesmo da espécie repugnante do santarrão, do sacerdote, do virtuoso – *qual* vantagem? Ora, nós mesmos, nós imoralistas, somos aqui a resposta...

VI. OS QUATRO GRANDES ERROS

1

Erro da confusão entre causa e efeito. Não há erro mais perigoso do que *confundir o efeito com a causa*; eu o tenho pela verdadeira perversão da razão. Não obstante, esse erro está entre os hábitos mais antigos e mais novos da humanidade: entre nós ele foi mesmo santificado e leva o nome de "religião", de "moral". Está contido em cada tese formulada pela religião e pela moral; sacerdotes e legisladores da moral são os autores dessa perversidade da razão. Trago aqui um exemplo: todo mundo conhece o livro do célebre Cornaro,[1] no qual ele recomenda a sua exígua dieta como receita para uma vida longa e feliz – também virtuosa. Poucos livros foram tão lidos, e ainda hoje na Inglaterra imprimem-se muitos milhares de exemplares. Não creio que exista um livro (excetuando-se a Bíblia, por certo) que tenha provocado tantos danos, que tenha *abreviado* tantas vidas quanto esse bem-intencionado *curiosum* [coisa curiosa]. O motivo: a confusão do efeito com a causa. O probo italiano via em sua dieta a *causa* de uma vida longa, quando na verdade as condições para a vida longa estavam num metabolismo extraordinariamente lento, no consumo reduzido, causa de sua parca dieta. Cornaro não tinha a liberdade de comer pouco *ou* comer muito, sua frugalidade *não* era um "livre arbítrio": ele adoecia quando comia um pouco mais. Ora, a todo aquele que não seja uma carpa, comer *de maneira regrada* não apenas é bom como é também necessário. Um erudito de *nossos* dias, com seu rápido consumo de força nervosa, se destruiria com o regime de Cornaro. *Crede experto* [confie no especialista].

2

A fórmula mais geral, que subjaz a toda religião e a toda moral, é a seguinte: "Faça isso e aquilo, deixe de fazer isso e aquilo, e tu serás feliz! Do contrário...". Toda moral, toda religião é esse imperativo

---

1. A referência é a Alvise (ou Luigi) Cornaro, nobre veneziano que, encontrando-se aos 40 anos com uma saúde bastante debilitada em razão de um estilo de vida hedonista – licencioso em se tratando de comida, bebida e prazeres sexuais –, aderiu a uma dieta calcada em restrição calórica, que lhe regrava fortemente o consumo de alimentos e do vinho. O regime foi descrito em sua obra *Discorsi della vita sobria* (*Discurso da vida sóbria*). A depender da fonte, Cornaro teria chegado aos 98 anos ou aos 102 anos.

– eu os chamo de o grande pecado original da razão, a *desrazão imortal*. Em minha boca essa fórmula se converte em sua oposta – *primeiro* exemplo de minha "transvaloração de todos os valores": um homem bem constituído, um homem "feliz", deve realizar certos atos e instintivamente rechaçar outros deles, e assim ele traz consigo a ordem que representa de maneira fisiológica as suas relações com os homens e com as coisas. Dizendo-o numa fórmula: sua virtude é a *consequência* de sua felicidade... Vida longa e uma descendência numerosa *não* são o prêmio para a virtude, a virtude é muito mais esse ralentar do metabolismo, que, entre outras consequências, traz também a de uma vida longa e de uma descendência numerosa, em suma, o *cornarismo*. A Igreja e a moral dizem: "o vício e o luxo fazem sucumbir uma linhagem, um povo". Minha razão *restabelecida* afirma: "quando um povo sucumbe, fisiologicamente degenerado, seguem-se daí o vício e o luxo (isso significa a necessidade de estímulos cada vez mais fortes e mais frequentes, como os conhecem toda natureza esgotada). Esse jovem homem se empalidece e definha antes da hora. Seus amigos dizem: a culpa é da doença. Eu digo: *o fato de* ter adoecido, *o fato de* não ter resistido à doença é já o efeito de uma vida empobrecida, de um esgotamento hereditário. O leitor de jornais afirma: esse partido se destruiu por ter cometido esse erro. Minha política *superior* afirma: um partido que comete tais erros está no fim – já não tem segurança de seus instintos. Em qualquer sentido, todo erro é consequência de uma degeneração dos instintos, de uma desagregação da vontade: com isso, quase que se define o que é *mal*. Tudo o que é *bom* é instinto – e é, por via de consequência, leve, necessário, livre. O esforço é uma objeção, Deus é tipicamente distinto do herói (em minha linguagem: os pés leves são o primeiro atributo da divindade).

3

Erro de uma causalidade falsa. Em todos os tempos se acreditou saber o que é uma causa: mas de onde extraímos nosso saber, mais precisamente, nossa crença em nosso saber? Do domínio dos célebres "fatos interiores", dentre os quais nenhum, até o presente, se comprovou efetivo. Acreditávamos que no ato da vontade nós mesmos éramos causas; pensávamos que, ao menos aqui, *surpreendíamos* a causalidade *no momento em que ela atuava*. Da mesma forma, tampouco se duvidava de que havia de se buscar todos os *antecedentia* de uma ação na consciência, e que a ela de novo tornaríamos se buscássemos pelos "motivos": caso contrário, o sujeito não teria sido realmente livre para realizar o ato, não seria por ele responsável. Por fim, quem iria contestar que um pensamento foi causado? Que o eu causou o pensamento?... Desses "três fatos interiores" pelos quais a causalidade parecia se garantir, o primeiro e mais convincente é o da *vontade como causa*; a concepção de uma consciência ("espírito")[2] e posteriormente a do eu ("do sujeito") como causa surgiram posteriormente, depois que a vontade estabeleceu a causalidade como *algo* dado, como *empiria*... Nesse meio-tempo, ponderamos melhor. Hoje não acreditamos em palavra alguma a esse respeito. O "mundo interior" é repleto de imagens enganadoras e equivocadas: a vontade é uma delas. A vontade já não move mais, e consequentemente já nada esclarece – mais não faz do que meramente acompanhar processos, podendo também faltar. O assim chamado "motivo": outro erro. Meramente um fenômeno de superfície da consciência, um acessório da ação, que muito mais oculta os antecedentes de uma ação do que os representa. E se formos falar do eu! Esse tornou-se fábula, ficção, jogo de palavras: ele deixou completamente de pensar, de sentir e de querer!... O que resulta daí? De modo algum existem causas mentais! A inteira suposta evidência empírica foi para o inferno! Eis o que resulta *daí*! E nós havíamos cometido um gracioso abuso com aquela "evidência empírica", com isso tínhamos *criado* o mundo como um mundo de causas, como um mundo de vontade, como um mundo de espíritos. A mais antiga e mais prolongada psicologia estava aqui a atuar, ela não fez outra coisa: todo acontecer lhe era ação, toda ação, consequência de uma vontade; o mundo se tornou para ela uma multiplicidade de agentes, um princípio agente (um "sujeito") a se substituir a todo acontecer. O homem projetou fora de si seus três "fatos interiores", aquilo em que ele acreditava mais firmemente, a vontade, a mente, o eu – de início ele deduziu a noção de ser da noção de eu, supôs as "coisas" como existentes à sua imagem, segundo a sua noção de eu como causa. Que prodígio o fato de mais tarde ele sempre reencontrar, nas coisas, *o que nelas havia posto?* – a coisa em si, dito ainda

---

2. O termo no original é *Geist*, que traduzimos – e se costuma traduzir – por "espírito". Deve-se ressaltar, porém, que o sentido de *Geist* é bem mais amplo que o de nosso termo "espírito", a compreender também "mente", "intelecto", as atividades intelectuais em geral, nem sempre associadas à palavra em português. Mesmo assim, traduz-se aqui por "espírito" em razão das outras referências que se terá ao *geistlich*/espiritual a seguir.

56 FRIEDRICH NIETZSCHE

uma vez, o conceito de coisa, um mero reflexo da crença no eu como causa... E mesmo vosso átomo, meus senhores mecanicistas e físicos, quanto de rudimentar psicologia não remanesce ali! Para não falar da "coisa-em-si", do *horrendum pudendum* [coisa horrenda e vergonhosa] dos metafísicos! O erro do espírito como causa confundida com a realidade! E feito medida da realidade! E chamado *Deus*!

4

O erro das causas imaginárias. Tomemos o sonho como ponto de partida: a uma determinada sensação, produzida, por exemplo, por um tiro de canhão, atribui-se retrospectivamente uma causa (frequentes vezes, todo um pequeno romance, no qual o protagonista é precisamente quem sonha). Nesse ínterim a sensação perdura, numa espécie de ressonância: ela espera, por assim dizer, que o instinto de causalidade lhe permita passar ao primeiro plano – agora já não mais como acaso, mas como "sentido". O tiro de canhão surge numa relação *causal*, numa aparente inversão temporal. Posterior, a motivação é vivenciada em primeiro lugar, não raro com uma centena de pormenores, a transcorrer de maneira fulminante, o tiro vindo depois... O que aconteceu? As representações que foram geradas por determinada situação são erroneamente concebidas como causa de tal situação. O mesmo fazemos, efetivamente, na vida desperta. A maioria de nossos sentidos gerais – toda espécie de obstrução, pressão, tensão, explosão no jogo e contrajogo dos órgãos, em especial no estado no *nervus sympathicus*[3] – excita nosso instinto causal: queremos ter um *motivo*, para nos achar de tal e qual maneira, por nos sentirmos bem ou mal. Nunca nos basta simplesmente constatar que estamos de tal e qual maneira: não aceitamos esse fato – apenas nos fazemos *conscientes* dele –, *quando* se nos dá alguma espécie de motivação. A lembrança, que em tais casos atua sem que tenhamos consciência disso, evoca estados anteriores da mesma espécie, juntamente com as interpretações causais a eles vinculadas – e *não* a causalidade desses estados. Por certo que a crença de que as representações, os processos conscientes concomitantes, têm sido as causas é igualmente trazida pela lembrança. Surge daí o *hábito* a uma

---

3. Também em *Genealogia da moral* (III, § 15) e *O anticristo* (§ 15), obras concebidas e publicadas no biênio 1887-1888, Nietzsche se refere ao nervo simpático (*nervus sympathicus*) como causa fisiológica de estados psicológicos.

VI. OS QUATRO GRANDES ERROS 57

interpretação causal determinada, que na realidade se faz obstáculo a uma *investigação* da causa, e até mesmo a exclui.

5

Explicação psicológica para tal. Reduzir algo que nos é desconhecido a algo conhecido alivia, tranquiliza, satisfaz, e ademais confere um sentimento de potência. No desconhecido se encontra o perigo, a inquietude, a preocupação; o primeiro de nossos instintos acode a *eliminar* esses estados dolorosos. Primeiro princípio: é preferível contar com uma explicação qualquer a não ter nenhuma. Uma vez que no fundo se trata tão só de querer se livrar de representações opressivas, não se é nada rigoroso com os meios de se livrar delas. A primeira representação a nos permitir reconhecer que o desconhecido não é conhecido produz tanto bem-estar que se "a toma por verdadeira". A comprovação pelo prazer ("a força") como critério de verdade. Desse modo, o instinto causal faz-se condicionado e estimulado pelo sentimento de medo. O "porquê" deve dar como resposta, na medida do possível, não tanto uma causa qualquer, mas sim um determinado tipo de causa: uma causa que tranquilize, que libere e que alivie. A primeira consequência dessa necessidade está em determinarmos a causa como algo já conhecido, vivido, gravado na lembrança. O novo, ou não vivido, o estranho é excluído como causa. Assim sendo, como causa não se busca apenas uma espécie de explicação, mas um tipo *escolhido* e *privilegiado* de explicação, que, de modo mais rápido e mais frequente, elimine o sentimento que produz o estranho, o novo, o não vivido – as explicações *mais habituais.* Consequência: uma espécie de determinação de causas prepondera cada vez mais, concentra-se em um sistema e por fim aparece como *dominante*, e isso significa, como simplesmente a excluir *outras* causas e explicações. O banqueiro vai logo pensando no "negócio", o cristão, no "pecado", a garota, em seu amor.

6

A inteira esfera da moral e da religião pertence a esse conceito de causas imaginárias: "explicação" dos sentimentos gerais *desagradáveis?* Tais sentimentos são condicionados por seres que são inimigos nossos (os maus espíritos: é o caso mais célebre – o equívoco de tomar as histéricas por feiticeiras). São condicionados por ações que não se pode aprovar (o sentimento de "pecado", da "pecaminosidade", atribuído a um mal-estar fisiológico

– sempre se encontram razões para se estar insatisfeito consigo). São castigos, expiação de algo que não deveríamos ter feito, que não deveríamos ter sido (ideia generalizada por Schopenhauer, sob a forma impudente, numa tese segundo a qual a moral aparece como o que é, como a verdadeira envenenadora e caluniadora da vida: "Toda grande dor, seja ela física ou espiritual, enuncia o que nos é de merecimento: pois ela não nos sobreviria se não a merecêssemos." (*O mundo como vontade e representação*, II, 666). São condicionados por ações irrefletidas que tiveram consequências prejudiciais (os afetos e os sentidos considerados como causas, como "culpados"; as calamidades fisiológicas interpretadas como punições "merecidas", com o auxílio de *outras* calamidades). "Explicação" dos sentimentos gerais agradáveis: eles dependem da confiança em Deus. Dependem do sentimento das boas ações (o que se chama de "consciência tranquila", um estado fisiológico que por vezes de tal maneira se assemelha a uma boa digestão, que se confunde com ela). São condicionados pela saída feliz de certas empresas (falácia ingênua: o desenlace feliz de uma empreitada não cria sentimentos gerais num hipocondríaco; ou num Pascal). São condicionados por crença, amor, esperança – as virtudes cristãs. Na verdade, todas essas supostas explicações são estados *resultantes* e como que traduções de sentimentos de prazer e desprazer num dialeto falso: está-se em condições de ter esperança, *porque* o sentimento fisiológico de fundo encontra-se novamente forte e abundante; confia-se em Deus, *porque* o sentimento de plenitude e força confere tranquilidade. A moral e a religião estão inteiramente sob a esfera da *psicologia* do erro: em todo e qualquer caso individual, causa e efeito são confundidos; ou a verdade é confundida com o efeito do que é *creditado* como verdadeiro; ou um estado de consciência é confundido com a causalidade desse estado.

7

Erro do livre-arbítrio. Hoje em dia já não sentimos compaixão pelo conceito de "vontade livre": sabemos bem demais o que ele é – o mais suspeito artifício de teólogos, com o fim de fazer a humanidade "responsável" no sentido deles, isto é, *de torná-la dependente...* Apenas ofereço aqui a psicologia de todo o tornar responsável – por toda parte em que se buscam responsabilidades, é o *instinto do querer punir e julgar* que ali se busca. O vir-a-ser é despido de sua inocência quando se faz remontar o ser desse ou daquele modo à vontade, a intenções, a atos de responsabilidade: a teoria da vontade foi inventada essencialmente com fins de punição, e isso significa do *querer-encontrar-culpados*. A inteira psicologia antiga, a psicologia da vontade, tem seu pressuposto aí, no fato de que seus autores, os sacerdotes, que encabeçaram as comunidades antigas, quiseram criar para si o direito de infligir penas – ou para tanto queriam que Deus criasse esse direito... Os homens foram pensados como "livres" para poder ser julgados, para poder ser punidos – para poder ser considerados *culpados*: consequentemente, toda ação *tinha* de ser desejada, a origem de toda ação sendo pensada como estando na consciência (com isso, a *mais radical* falsificação de moeda *in psychologicis* [em questões psicológicas] tornada princípio da psicologia...). Hoje, quando encetamos o movimento *contrário*, em que nós, imoralistas, com todas as forças, buscamos fazer novamente desaparecer do mundo as ideias de culpabilidade e de punição, bem como buscamos delas limpar a psicologia, a história, a natureza, as instituições e sanções sociais, ante nossos olhos não há oposição mais radical que a dos teólogos que, com o conceito de "ordenamento moral do mundo", continuam a infestar a inocência do vir-a-ser por meio de "punição" e "culpa". O cristianismo é uma metafísica do carrasco...

8

Qual pode ser a *nossa* doutrina? A de que ninguém confere ao ser humano suas características, nem Deus, nem a sociedade, nem seus pais e ancestrais, nem *ele mesmo* (o contrassenso dessa ideia, aqui refutada por último, foi ensinado, sob o nome de "liberdade inteligível", por Kant, e talvez também já por Platão). *Ninguém* é responsável pelo fato de estar aqui, de ter sido criado assim e assim, de estar sob essas circunstâncias, nesse ambiente. A fatalidade de seu ser não pode ser desvencilhada da fatalidade de tudo o quanto foi e será. Ele *não* é a consequência de sua própria intenção, de sua vontade, de um fim, com ele não se faz a tentativa de alcançar um "ideal de homem" ou um "ideal de felicidade" ou um "ideal de moralidade" – é absurdo querer *empurrar* o seu ser para uma finalidade qualquer. *Nós* inventamos o conceito de "finalidade": na realidade *falta* a finalidade... Cada qual é necessário, é um pedaço de fatalidade, pertence ao todo, está no todo – não *há* nada que possa julgar, mensurar, comparar, condenar nossa existência, pois tal seria julgar, mensurar, comparar, condenar o todo... *Porém não existe nada fora do todo!* O fato de que ninguém mais é tornado responsável, de que não se possa atribuir o modo de ser a uma causa prima, de que o mundo não é uma unidade nem sensorial nem como "espírito", só mesmo com isso de novo se estabelece *a inocência do vir-a-ser*... O conceito "Deus foi até agora a grande *objeção* à existência..." Negamos Deus, negamos a responsabilidade em Deus: só assim redimimos o mundo.

VII. OS "MELHORADORES" DA HUMANIDADE

1

Conhece-se minha exigência aos filósofos: a de se posicionar *para além* de bem e mal – de posicionar a ilusão do juízo moral sob si. Essa exigência resulta da compreensão tal qual formulei pela primeira vez: *a de que não há fatos morais*. Em comum com o juízo moral, *o juízo religioso tem a crença em realidades que não existem*. *A moral é apenas uma interpretação de certos fenômenos, uma falsa* interpretação. Tal como o religioso, o juízo moral corresponde a um grau de ignorância, no qual ainda se carece até mesmo do conceito do real, da diferença entre o real e o imaginário: de modo que "verdade" em tal estágio designa apenas coisas que hoje chamamos de "quimeras". Sendo assim, o juízo moral jamais pode ser tomado ao pé da letra: como tal ele contém sempre apenas contrassenso. Mas como *semiótica* ele se mantém inapreciável: ele revela, ao menos para o entendido, as realidades mais preciosas das culturas e interioridades que não sabiam o suficiente para se "compreender" a si mesmas. A moral é mera linguagem de sinais, mera sintomatologia: já se deve saber *do que* se trata para dela se extrair utilidade.

2

Um primeiro exemplo, e de todo provisório. Em todos os tempos se desejou "melhorar" os homens: foi a isso, sobretudo, que se chamou de moral. Mas sob a mesma palavra se escondem as mais diferentes tendências. Tanto a domesticação [*Zähmung*] da besta humana quanto o cultivo [*Züchtung*][1] de uma determinada espécie de homem são chamados de

---

1. Para se compreender o sentido e a importância da ideia de cultivo (*Züchtung*) em Nietzsche – e sua relação com a de domesticação (*Zähmumg*), tal como aqui apresentada – deve-se ter em mente que para ele um indivíduo, um ser humano, não pode ser remetido a uma alma – e, entenda-se, uma alma única, etérea, espiritual –, nem a um único princípio – inteligente, substancial –, nem a qualquer elemento atomizado e indecomponível: o homem é uma configuração temporária e hierarquizada de impulsos, que Nietzsche chega a tomar por "almas" e que são processos semelhantes aos instintos, com a diferença de serem mais profundos e não necessariamente compreender a formação da memória, como no caso daqueles. Nesse sentido, para Nietzsche não há "humanidade", mas, sim, "tipos humanos", engendrados por diferentes conformações e inflexões passíveis de ser assumidas por suas configurações pulsionais (daí haver o tipo sacerdotal, o tipo alemão, o tipo filósofo...). O homem, sendo assim, está a todo tempo sujeito a suas próprias regulações orgânicas, que condicionam seu modo de vida, suas crenças e, sobretudo, os valores que permeiam todas as suas construções. É no âmbito dessas regulações que se pode favorecer uma classe de impulsos, neutralizar outros, e

62 FRIEDRICH NIETZSCHE

"melhoramento"; só mesmo esses termos zoológicos expressam realidades – realidades, por certo, das quais o típico "melhorador", sacerdote, nada sabe – nada *quer* saber... A nossos ouvidos, chamar a domesticação de um animal de sua "melhoria" soa quase como uma brincadeira. Quem sabe o que acontece nas *ménageries*[2] duvida que a besta possa ser ali "melhorada". Ela se torna enfraquecida, ela se torna menos nociva, e por meio do efeito depressivo, do medo, da dor, das máculas, da fome, torna-se uma besta *adoentada*. Não é algo diferente o que se passa com o homem aprisionado, que o sacerdote "tornou melhor". Nos primórdios da Idade Média, quando a Igreja era acima de tudo uma *ménagerie*, por toda parte se fazia a caçada aos mais belos exemplares da "besta loura" – "melhorava-se", por exemplo, os mais nobres germânicos. Mas qual viria a ser, depois, a aparência de um tal germano "melhorado", atraído para o claustro? Seria como uma caricatura de homem, como um aborto: convertera-se em "pecador", estava numa jaula, fora aprisionado entre os mais terríveis conceitos... E lá ele jazia, doente, miserável, malévolo para consigo mesmo; repleto de ódio para com os impulsos da vida, cheio de suspeita contra tudo o que ainda fosse forte e feliz. Em suma, um "cristão"... Fisiologicamente falando: na luta contra a besta, tornar doente *pode* ser o único meio de enfraquecê-la. Isso a Igreja entendeu: ela mortificou o homem, enfraqueceu-o – mas reivindicou tê-lo "melhorado"...

3

Tomemos o outro caso da referida moral, o caso do *cultivo* de uma determinada arte e espécie. O mais magnífico exemplo disso é proporcionado pela moral hindu, como "lei do Manu", sancionada como religião. Ali se põe a tarefa de não cultivar menos de quatro raças de uma só vez: uma sacerdotal, uma guerreira, uma de mercadores e agricultores, e, por fim, uma raça de servidores, os sudras. Obviamente que já não estamos aqui entre domadores de animais: uma espécie de homens cem vezes

---

com isso o tipo homem pode efetivamente ser modificado – se as espécies estão sempre em processo, nisso o homem é um caso especial, por ser um "animal ainda não determinado" (cf. *Além do bem e do mal*, § 62). Ele pode ser assim cultivado (*gezüchtet*), tendo em vista o florescimento de uma cultura vigorosa, afirmativa, ou então amansado, domesticado (*gezähmt*), no caso das culturas ascéticas ou moralizantes, como a cristã.

2. Em francês no original, entende-se por *ménagerie* o local onde são reunidos animais raros, seja para estudo, seja para apresentação ao público, o termo podendo também ser usado para esses animais. In: LEGRAN, M., MORVAN, D. & REY, A. (org.). *Le Robert pour tous Dictionnaire de la Langue Française*. Paris, Dictionnaires Le Robert, 1994, p. 714-715.

mais suave e racional é a condição primeira para se chegar a conceber o plano de um tal cultivo. Respira-se aliviado quando se passa da atmosfera cristã, atmosfera de hospital e de prisão, para esse mundo mais são, mais elevado e *mais amplo*. Quão miserável é o Novo Testamento em comparação ao Manu, como cheira mal! Porém essa organização, também ela tinha a necessidade de ser terrível – desta vez não em luta com a besta, mas com o *seu* conceito oposto, com o homem que não se deixa cultivar, o homem da mistura incoerente, o chandala. E de novo não havia nenhum outro meio para evitar que fosse perigoso, e fazê-lo fraco, ao fazê-lo *doente* – foi a luta com o "grande número". É possível que nada contrarie mais nossa sensibilidade do que *essas* medidas de proteção da moral indiana. O terceiro edito, por exemplo ("Avadana–Sastra 1"), o dos "legumes impuros", decreta que os únicos alimentos permitidos aos chandalas devem ser alho e cebola, enquanto a Sagrada Escritura proíbe que lhes sejam dados cereais ou frutos que contenham grãos, ou água ou fogo. O mesmo edito estabelece que a água de que se tem necessidade não deva ser tomada nem dos rios, nem das fontes, nem mesmo de lagoas, mas tão somente do acesso aos pântanos e buracos deixados pelas pegadas dos animais. Da mesma forma lhes é proibido lavar sua roupa e *a si mesmos*, pois a água, a eles concedida graciosamente, deve ser usada tão somente para aplacar a sede. Por fim há ainda a proibição a impedir que as mulheres sudras assistam as mulheres chandalas no parto, e, da mesma forma, a impedir que estas últimas *assistam umas às outras em tal situação*. O resultado de uma tal política sanitária não tarda: mortíferas epidemias, horríveis doenças venéreas e então novamente "a lei da faca", a prescrever a circuncisão para as crianças do sexo masculino e a ablação dos pequenos lábios para as do sexo feminino. O próprio Manu afirma: "os chandalas são frutos do adultério, do incesto e do crime (essa é a consequência *necessária* do conceito de cultivo). Como vestimenta devem ter apenas os farrapos dos cadáveres; por louça, vasilhas quebradas; por adorno, ferro velho; para o serviço de Deus, apenas os maus espíritos; devem vagar sem descanso de um lugar a outro. É-lhes proibido escrever da esquerda para a direita e se servir da mão esquerda para escrever: o uso da mão direita e da escrita da esquerda para direita encontra-se reservado tão somente aos virtuosos, às pessoas de raça."[3]

---

3. Nietzsche o cita de Louis Jacolliot, de sua obra *Les Législateurs Religieux: Manou – Moïse – Mahomet: traditions religieuses comparées des lois de Manou, de la Bible, du Coran, du rituel Égyptien, du Zend-Avesta des Pares et des traditions Finnoises*. Paris, Lacrois, 1876, nota de rodapé p. 98-120.

4

Essas disposições são suficientemente instrutivas: nelas temos a humanidade *ariana*, inteiramente pura, inteiramente original – aprendemos que o conceito de "sangue puro" é o oposto de um conceito inofensivo. Por outro lado se torna claro em qual povo se eternizou o ódio, o ódio de chandala a essa "humanidade", onde esse ódio se fez religião, onde se fez *gênio*... Considerados desse ponto de vista, os Evangelhos são um documento de primeira ordem; e tanto mais o livro de Enoque. O cristianismo, de raiz judia e inteligível unicamente como planta desse solo, representa o movimento de oposição à toda moral do cultivo, da raça, do privilégio: ele é a religião *antiariana par excellence*: o cristianismo, a transvaloração de todos os valores arianos, a vitória dos valores chandalas, o Evangelho pregado aos pobres e aos humildes, a insurreição geral contra a "raça" da parte de todos os oprimidos, dos miseráveis, dos malogrados, dos deserdados – a chandala imortal como *religião do amor*...

5

A moral do *cultivo* e a moral da *domesticação* são inteiramente dignas uma da outra pelos meios pelos quais se impõem: como tese máxima podemos estabelecer que, para fazer a moral, faz-se necessário ter a vontade incondicional do contrário. Esse é o grande problema, o problema *inquietante*, que eu por longo tempo persegui: a psicologia dos "melhoradores" da humanidade. Um fato pequeno, no fundo modesto, a chamada *pia fraus*, deu-me o primeiro acesso a esse problema: a *pia fraus* foi a herança de todos os filósofos e sacerdotes que quiseram "melhorar" a humanidade. Nem Manu, nem Platão, nem Confúcio, nem os mestres judeus e cristãos jamais tiveram dúvida de seu *direito* à mentira. E não duvidaram de *bem outros direitos*... Se se o quisesse expressar numa fórmula, poder-se-ia dizer: *todos* os meios pelos quais até o momento a humanidade procurou se fazer moral foram radicalmente *imorais*.

VIII. O QUE FALTA AOS ALEMÃES

1

Entre os alemães, não basta hoje ter espírito: é preciso tomá-lo, *arrojar*-se espírito...

Talvez eu conheça os alemães, talvez eu mesmo possa lhes dizer algumas verdades. A nova Alemanha representa um enorme *quantum* de proficiências herdadas e aprendidas, de modo tal que durante um certo tempo ela pôde prodigamente dispender o tesouro acumulado de força. *Não* foi uma cultura elevada, que com ela se pôs a dominar, menos ainda um gosto delicado, uma beleza "nobre" dos instintos, mas virtudes *masculinas*, como não se podem apresentar em nenhum outro país da Europa. Muita boa coragem e muito respeito por si mesmo, muita segurança nas relações e na reciprocidade dos deveres, muita laboriosidade, muita perseverança – e uma moderação herdada que mais necessita de aguilhão do que de entrave. Eu acrescento que aqui ainda se obedece sem que a obediência humilhe... E ninguém despreza o seu adversário...

Vê-se que meu desejo é ser justo com os alemães: quanto a isso eu não seria infiel a mim mesmo – devo também, portanto, fazer minha objeção a eles. Paga-se caro por chegar ao poder: o poder *imbeciliza*... os alemães – outrora se lhes chamava de povo de pensadores: e ainda pensam de algum modo hoje em dia? Os alemães agora se entediam com o espírito, os alemães agora desconfiam do espírito, a política devora toda a seriedade para com as coisas realmente espirituais – "Alemanha, Alemanha acima de tudo", eu temia que no fim fosse essa a filosofia alemã... "Existem filósofos alemães? Existem poetas alemães? Existem *bons* livros alemães?", é o que se pergunta no exterior. Eu enrubesço, mas, com a valentia que me é própria até em casos desesperadores, respondo: "Sim, *Bismarck*!". Poderia eu também ao menos confessar os livros que se leem hoje em dia?... Maldito instinto da mediocridade!

2

O que o espírito alemão *poderia* ser, quem já não teve seus pensamentos melancólicos a esse respeito?! Porém esse povo imbecilizou-se voluntariamente, já há quase mil anos: em nenhuma parte se abusou de forma tão viciosa dos dois grandes narcóticos europeus, o álcool e o cristianismo. Recentemente pôde-se acrescentar ainda um terceiro, que por

66 FRIEDRICH NIETZSCHE

si só já seria suficiente para liquidar toda a sutil e audaz mobilidade do espírito, a música, nossa congestionada e congestionante música alemã. Quanta enfadonha gravidade, paralisia, umidade, robe de dormir, quanta cerveja se tem na inteligência alemã! Como é possível que homens jovens, a devotar sua existência a objetivos espirituais, não percebam em si o primeiro instinto da espiritualidade, o *instinto de autoconservação do espírito*? E bebem cerveja?... O alcoolismo da juventude erudita talvez ainda não chegue a pôr em dúvida sua erudição – pode-se até ser um grande erudito sem espírito –, mas em qualquer outro aspecto isso continua a ser um problema. Onde não se encontraria a suave degeneração que a cerveja produz no espírito! Certa vez, num caso que quase se tornou célebre, pus o dedo em tal degeneração – a degeneração de nosso primeiro espírito alemão, do *esperto* David Strauss, em autor de um evangelho de cervejaria e da "nova crença"... Não foi em vão que em versos ele fez seu elogio à "morena encantadora"[1] – fidelidade até a morte...

3

Eu falava do espírito alemão: que se torna mais grosseiro, que se torna raso. É suficiente? No fundo o que me assusta é uma coisa completamente diferente: como está a decair cada vez mais a seriedade alemã, a profundidade alemã, a paixão alemã pelas coisas do espírito. O *pathos* se modificou, não apenas a intelectualidade. Aqui e ali tenho contato com as universidades alemãs: que atmosfera prevalece entre seus eruditos, que vazio, que espiritualidade estéril, que se fez morna! Seria uma incompreensão profunda se aqui se me quisesse objetar com a ciência alemã – e além do mais uma comprovação de que não se leu uma única palavra minha. Nos últimos dezessete anos eu não me cansei de trazer à luz a influência *desespiritualizante* de nossa prática da ciência. A dureza da vida de hilotas, a que uma enorme extensão das ciências hoje condena todo indivíduo, é o principal motivo pelo qual naturezas de estrutura mais plena, mais rica, *mais* profundas já não encontram educação e *educadores* que lhes sejam conformes. Nossa cultura já está a padecer apenas do excesso de pretensiosos preguiçosos e de humanidades

---

1. "Graciosa morena" se refere à cerveja, ou à cerveja preta. A alusão de Nietzsche aqui é à primeira de suas *Considerações extemporâneas* ("David Strauss, o confessor e o escritor" [1873]), e também a um poema de David Strauss, na verdade uma elegia "à encantadora morena" (*"braune Schöne"*). A referência irônica de Nietzsche é aqui à cerveja, com "graciosa morena" (*"holden Braunen"*) se referindo à preta.

VIII. O QUE FALTA AOS ALEMÃES **67**

fragmentárias: nossas universidades são, *contra* a sua vontade, as verdadeiras estufas para esse tipo de atrofia dos instintos do espírito. E toda a Europa já começa a disso se dar conta – a grande política não engana ninguém... A Alemanha continua a ser considerada a *terra chata* da Europa.[2] Ainda estou em busca de um alemão com quem *eu* possa ser sério à minha maneira – e, tanto mais, de um alemão com quem eu possa ser sereno! *Crepúsculo dos ídolos*: ah, quem hoje compreenderia *de qual seriedade* um eremita aqui se recupera! A serenidade[3] é para nós o que há de mais incompreensível...

4

Façamos uma estimativa: de modo algum é evidente que a cultura alemã está a declinar, mas tampouco faltam razões suficientes para que assim esteja. Afinal de contas, ninguém pode despender mais do que tem – isso vale para indivíduos como vale para povos. Se nos dedicamos ao poder, à grande política, à economia, ao comércio internacional, ao parlamentarismo, aos interesses militares – se se doa para esse lado o *quantum* de entendimento, de seriedade, de vontade, de autossuperação de que se dispõe –, essas coisas faltarão para o outro lado. A cultura e o Estado – não nos enganemos – são antagônicos: "Estado-cultura" é apenas uma ideia moderna. Um vive à custa do outro, um prospera às expensas do outro. Todos os grandes períodos da cultura são períodos de declínio político: o que é grande no sentido da cultura é apolítico, mesmo *antipolítico*. Goethe abriu o coração ante o fenômeno de Napoleão – mas fechou-o para as "guerras da liberdade"... No momento mesmo em que a Alemanha se eleva no horizonte como grande potência, a França adquire renovada importância como *potência cultural*. Já agora muita seriedade nova, muita nova *paixão* do espírito, emigrou para Paris; a questão do pessimismo, por exemplo, a questão de Wagner, quase todas as questões psicológicas e artísticas fazem-se ali investigar de maneira incomparavelmente mais sutil e radical do que na Alemanha – os alemães, no que os toca, eles próprios *incapazes* desse tipo de seriedade. O surgimento do "Reich" na história

---

2. Trata-se do termo "Alemanha" em alemão, "*Deutschland*", que Nietzsche assim se refere por "*Flachland*", com "*flach*" significando raso, plano. Nietzsche se refere desse modo, pouco elogioso, à Alemanha também em outros momentos, em outros textos de 1888, como no prefácio a Nietzsche contra Wagner e em *Ecce homo*, na seção 2 de "Por que escrevo livros tão bons".

3. Sobre "serenidade", cf. nota 1.

68 FRIEDRICH NIETZSCHE

da cultura europeia significou sobretudo uma coisa: um *deslocamento do centro de gravidade.* Por toda parte já se sabe: na questão principal – que continua a ser a cultura –, os alemães já não entram em linha de conta. Pergunta-se: terão vocês a apresentar ainda um único espírito que possa *contar* para a Europa? Como contaram Goethe, Hegel, Heinrich Heine, Schopenhauer? Que não se tenha mais um único filósofo alemão é um assombro que não tem fim.

5

Ao inteiro sistema de educação superior na Alemanha tem fugido o principal: tanto os fins quanto os *meios* para os fins. Esqueceu-se de que *a própria educação, a formação* – e *não* "o Reich" – seja um fim, e que para esse fim seja necessário o *educador* – e *não* os professores de ginásio e os eruditos de universidade... Requerem-se educadores que *eles próprios estejam a ser educados,* espíritos superiores, espíritos aristocráticos, que a todo momento, pela palavra e pelo silêncio, deem prova de culturas maduras, tornadas *doces* – *não* os eruditos grosseirões, que ginásio e universidade hoje põem diante dos jovens como "amas de leite superiores". Descontadas as exceções das exceções, *faltam* educadores, a *primeira* condição para a educação: *daí* o declínio da cultura alemã. Uma dessas mais raras de todas as exceções é o meu amigo mais digno de admiração, Jacob Burckhardt,[4] na Basileia: é em primeiro lugar por ele que a Basileia deve a sua preeminência no campo das humanidades. O que realmente conseguem as "escolas superiores" da Alemanha é um adestramento brutal, para tornar útil, *utilizável,* a serviço do Estado, um sem-número de jovens homens. "Educação superior e um *sem-número*" – isso se contradiz de antemão. Toda educação superior corresponde à exceção: *é preciso ser privilegiado* para ter um direito a tal alto privilégio. Nada grande nem belo poderia jamais ser patrimônio comum: *pulchrum est paucorum hominum* [o belo é coisa para poucos homens]. O que está a *condicionar* o declínio da cultura alemã? O fato de a "cultura superior" já não ser nenhum privilégio – o democratismo do "universal", da "formação" tornada comum... E não se deve esquecer que privilégios militares provocam formalmente uma *afluência excessiva* às escolas superiores, e isso significa sua perdição. Na Alemanha de

---

4. Jacob Burckhardt será reverenciado ainda uma vez nesta obra, na seção "O que devo aos antigos", § 4.

hoje, ninguém mais é livre para dar a seus filhos uma educação aristocrática: nossas escolas "superiores" encontram-se todas organizadas para a mediocridade mais ambígua, em seus professores, em seus planos de ensino, em seus objetivos de ensino. E por toda parte prevalece uma pressa indecorosa, como se se perdesse algo se o jovem homem com 23 anos ainda não estivesse "pronto", se ainda *não soubesse a resposta para a "principal pergunta"*: *qual* profissão? Um tipo de gente superior, permita-se dizer, não aprecia "profissões", precisamente porque sabe que tem uma vocação. Dispõe de tempo, não se lhe ocorre pensar que terá "terminado" – no sentido da cultura superior, com 30 anos se é um iniciante, uma criança. Um escândalo são nossos ginásios apinhados, nossos professores ginasiais sobrecarregados, estupidificados: a fim de proteger tal estado de coisas, como recentemente fizeram os professores de Heidelberg, há possivelmente *causas* – razões para tal não há.

6

Para não me pôr em falta com a minha índole, que é *afirmativa* e apenas de forma indireta e involuntária tem algo que ver com contradição e crítica, apresentarei as três tarefas pelas quais se necessita de educadores. Deve-se aprender a *ver*, aprender a *pensar*, aprender a *falar* e *escrever*: nos três casos o objeto é uma cultura nobre. Aprender a *ver* – habituar o olho à calmaria, à paciência, a deixar com que as coisas se acerquem de nós: adiar o julgamento, cingir o caso individual por todos os lados e aprender a abarcar. Este é o *primeiro* ensinamento para a espiritualidade: não reagir de pronto a um estímulo, e sim tomar em mãos os instintos que impõem obstáculos, que isolam. Aprender a ver, tal como eu entendo, é quase o que linguagem não filosófica chama de vontade forte: o essencial aí *não* será bem o "querer", o *poder* suspender a decisão. Todo o não espiritual, toda a vulgaridade reside na incapacidade de suportar a resistência a um estímulo – no *ter de* reagir, no seguir a cada impulso. Em muitos casos esse tal de *ter de* já é enfermidade, declínio, sintoma de esgotamento – quase tudo o quanto a rudeza não filosófica designa com o nome de "vício" é apenas essa incapacidade fisiológica de *não* reagir. Um emprego prático do ter-aprendido-a-ver: como *discente* a pessoa se torna em geral lenta, desconfiada, resistente. De início deixa que lhe venham coisas desconhecidas, de toda espécie de novo, com hostil tranquilidade – diante delas retrairá a mão. Deixar abertas todas as portas, inclinar-se de modo servil a todo fato insignificante, estar sempre disposto a se introduzir, a se *precipitar* nos outros e em outras coisas, em suma, a célebre "objetividade" moderna, é o mau gosto, é o *não aristocrático* por excelência.

7

Aprender a *pensar*: em nossas escolas já não se tem a menor noção do que seja isso. Mesmo nas universidades, até mesmo entre os autênticos eruditos da filosofia, a lógica como teoria, como prática, como *ofício*, começa a desaparecer. Leem-se livros alemães: já não se tem nem mesmo a mais remota lembrança de que para pensar é preciso uma técnica, um plano de ensino, uma vontade de maestria – de que o pensar quer ser aprendido, como a dança quer ser aprendida, *como* uma espécie de dança... Quem entre os alemães ainda conhecerá por experiência aquele sutil estremecimento que os *pés ligeiros* no espiritual transmitem a todos os músculos! A enrijecida inépcia nas maneiras espirituais, a mão *pesada* ao tocar – isto é alemão a ponto de no exterior o confundirem com o espírito alemão em geral. O alemão não tem *dedos* para nuances... O simples fato de os alemães terem podido suportar seus filósofos, em especial a esse mais deformado aleijão do conceito que já houve, o *grande* Kant, confere-nos uma ideia adequada da desenvoltura alemã. Na verdade não é possível subtrair a *dança*, em todas as suas formas, o saber dançar com os pés, com os conceitos, com as palavras, da *educação aristocrática*; deverei ainda dizer que também com a *pena* se tem de saber dançar – que é preciso aprender a *escrever*? Porém neste ponto eu me faria completamente enigmático aos professores alemães...

IX. INCURSÕES DE UM EXTEMPORÂNEO

1

Meus impossíveis. *Sêneca*: ou o toreador da virtude. *Rousseau*: ou o retorno à natureza *in impuris naturalibus* [em um estado natural impuro]. *Schiller*: ou o trombeteiro da moral de Säckingen; *Dante*: ou a hiena a compor poesias entre tumbas; *Kant*: ou o *cant* como caráter inteligível; *Victor Hugo*: ou o farol do mar do sem sentido; *Liszt*: ou a escola da velocidade – com as mulheres. *George Sand*: ou *lactea ubertas* [abundância de leite], em alemão, a vaca leiteira com "belo estilo". *Michelet*: ou o entusiasmo a despir a casaca... *Carlyle*: ou o pessimismo como almoço mal digerido; *John Stuart Mill*: ou a clareza insultuosa. *Les frères de Goncourt* [os irmãos Goncourt]: ou os dois Ajaxes em luta com Homero. Música de Offenbach; *Zola*: ou "a alegria em cheirar mal".

2

Renan. Teologia, ou a corrupção da razão mediante o "pecado original" (o cristianismo). Testemunha disso é Renan, que enquanto se aventura a um sim ou um não de natureza um pouco mais geral erra o alvo com uma regularidade lamentável. Ele gostaria de unir, por exemplo, *la science* [a ciência] e *la noblesse* [a nobreza] em uma só; mas *la science* pertence à democracia, isso é algo palpável. Com ambição nada pequena ele deseja representar um aristocratismo do espírito: ao mesmo tempo, no entanto, põe-se de joelhos ante a doutrina oposta, o *évangile des humbles* [evangelho dos humildes], e não apenas de joelhos... De que adianta todo espírito livre, toda a modernidade, todo escárnio à flexibilidade volúvel, se em suas entranhas ele se mantém cristão, católico e mesmo sacerdote?! Tal qual um jesuíta e um confessor, Renan tem sua inventividade na sedução; sua espiritualidade não carece do amplo sorriso de padre – como todo sacerdote, ele se torna perigoso apenas quando ama. Ninguém lhe iguala na maneira mortalmente perigosa de adorar... Esse espírito de Renan, um espírito que *enerva*, é uma fatalidade a mais para a França pobre, adoecida, doente de vontade.

3

Sainte-Beuve. Nada de homem nele; cheio de um azedume pequeno contra todos os espíritos viris. Anda errante a rodear, sutil, curioso, aborrecido, a espreitar – no fundo uma personalidade feminina, com sede de vingança feminina e sensualidade feminina. Como psicólogo é um gênio da *médisance* [maledicência]; é inesgotavelmente rico em meios para tal; ninguém entende melhor de mesclar veneno a elogio. É plebeu em seus instintos mais baixos e aparentado ao ressentimento de Rousseau: *consequentemente*, romântico – pois sob todo o romantismo rosna e cobiça o instinto de vingança de Rousseau. Revolucionário, porém domado pelo medo. Sem liberdade perante tudo o que tem força (opinião pública, academia, corte e mesmo Port Royal). Exaspera-se com tudo o quanto há de grande nos homens e nas coisas, com tudo o que tem fé em si mesmo. É poeta o bastante e meio mulher para ainda chegar a sentir o grande como potência; continuamente retorcido como aquele famoso verme, pois continuamente sente que lhe estão pisando. Como crítico carente de critérios, de firmeza e de espinha dorsal, tem a língua do *libertin* [libertino] cosmopolita para muitas coisas, mas sem nem mesmo a coragem para admitir a *libertinage*. Como historiador sem filosofia, sem a potência do olhar filosófico – daí resistir à incumbência de juiz em todas as questões fundamentais, exibindo a "objetividade" como máscara. De modo diferente se comporta com todas as coisas em que a instância suprema é um gosto sutil e experimentado: ali ele tem efetivamente a coragem e o prazer para consigo – ali ele é *mestre*. Em alguns aspectos, uma pré-forma de Baudelaire.

4

A *Imitatio Christi* [*Imitação de Cristo*][1] está entre os livros que eu não posso manter em mãos sem uma resistência psicológica; exala um *parfum* [perfume] próprio do eterno feminino, para gostar do qual já é preciso que se seja francês – ou wagneriano... Esse santo tem uma forma de falar de amor que faria curiosos mesmo os parisienses. Dizem-me que aquele inteligentíssimo jesuíta, A. Comte, que tratou de conduzir seus franceses a Roma pelo *desvio* da ciência, inspirou-se nesse livro. Eu acredito: "a religião do coração"...

5

G. *Eliot*. Eles se livraram do Deus cristão e agora creem tanto mais ter de se aferrar à moral cristã: esta é uma coerência *inglesa*, não queremos

---

1. *Imitação de Cristo* é obra de literatura devocional atribuída a Thomas de Kempis, do século XV, e traz um texto de apoio à oração e a práticas devocionais.

levá-la a mal nas mulherzinhas morais à la Eliot. Na Inglaterra, a cada honra perdida pela mínima libertação da teologia é preciso se converter em fanático da moral do modo mais aterrador. Essa é a *penitência* que pagam ali. Para nós, como somos diferentes, as coisas são diferentes. Se se abandona a fé cristã, com isso perde-se o *direito* de se ter sob os pés uma moral cristã. Esta absolutamente *não* é algo evidente por si: este ponto se deve sempre trazer à luz, não obstante os ingleses cabeças ocas. O cristianismo é um sistema, uma visão das coisas coerente e *integral*. Se dele se arranca uma ideia importante como a crença em Deus, com isso se despedaça o todo: já não se tem nada de necessário entre os dedos. O cristianismo pressupõe que o homem não saiba, não *possa* saber o que para ele é bom e mau: ele acredita em Deus, o único a saber. A moral cristã é um mandamento; sua origem é transcendente; ela está além de toda crítica, de todo o direito à crítica; ela só tem verdade caso Deus seja a verdade – ela se sustenta e cai com a crença em Deus. Se os ingleses de fato creem saber "intuitivamente" o que é bom e o que é mal, por conseguinte pensam que já não necessitam do cristianismo como garantia da moral, sendo esta bem a consequência do domínio do juízo cristão de valor e expressão da *força* e *profundidade* desse domínio: a ponto de a origem da moral inglesa ser esquecida, a ponto de já não se perceber o tão condicionado caráter de seu direito a existir. Para os ingleses a moral ainda não é um problema...

6

George Sand. Li as primeiras *lettres d'un voyageur* [cartas de um viajante]: como tudo o que vem de Rousseau, soa falso, afetado, inflado, exagerado. Não suporto esse estilo papel de parede colorido; menos ainda a ambição da plebe por sentimentos generosos. Mas o pior por certo que continua a ser a coqueteria feminina com masculinidades, com maneiras de jovens mal-educados. Em que pese tudo isso, quão fria deve ter sido essa artista insuportável! Dava-se corda a si mesma, como um relógio... e se punha a escrever! Fria, como Hugo, como Balzac, como todos os românticos, tão logo se põe a poetar! E com que complacência deve assim ter se mantido ao fazê-lo, essa prolífica vaca-escritora, que tinha algo de alemão no mau sentido, como o próprio Rousseau, seu mestre, e em todo caso ela só foi mesmo possível com o declínio do gosto francês! Mas Renan a venera...

7

Moral para psicólogos. Não se deve cultivar psicologia de mascate! Jamais se observar por observar! Isso proporciona uma falsa óptica, uma visão de soslaio, algo de forçado e exagerado. Vivenciar ao modo de querer vivenciar – isso não dá bom resultado. Na vivência não *podemos* olhar a nós mesmos, todo olhar ali se converte em "mau olhar". Um psicólogo nato instintivamente se resguarda de ver por ver; o mesmo vale para o pintor nato. Ele jamais trabalha "conforme a natureza", mas, sim, deixa seu instinto, sua *câmera obscura*, peneirar e expressar o "caso", a "natureza", o "vivenciado"... À consciência lhe chega apenas o que é geral, a conclusão, o resultado: ele desconhece aquele voluntário abstrair do caso individual. O que se dá quando se age de outro modo? Por exemplo, quando se cultiva uma psicologia de mascate, à maneira dos *romanciers* [romancistas] parisienses, no atacado e no varejo? Fica-se como que à espreita da realidade, e todas as noites se leva para casa um punhado de curiosidades... Mas veja-se o que daí resulta – uma série de manchas, um mosaico, no melhor dos casos, em todo caso sempre um conjunto adicionado, inquieto, de cores berrantes. O pior nisso foi alcançado pelos Goncourt: não conseguem alinhar nem três frases que, de modo puro e simples, não façam doer o olhar do *psicólogo*. Artisticamente avaliada, a natureza não é modelo algum. Ela exagera, ela distorce, ela deixa lacunas. A natureza é o *acaso*. O estudo "segundo a natureza" parece-me um mau sinal: revela submissão, debilidade, fatalismo – esse fazer-se prostrado diante dos *petits faits* [pequenos fatos] é indigno de um artista *inteiro*. Ver *o que é* – isso é próprio de outra espécie de espíritos, os *antiartísticos*, os factuais. É preciso saber quem se é...

8

Sobre a psicologia do artista. Para que haja arte, para que exista um fazer e contemplar estético, para tanto se faz indispensável uma precondição fisiológica, a *embriaguez*. A excitabilidade de toda máquina tem de ser intensificada primeiro pela embriaguez; sem esta não se chega à arte alguma. Todas as espécies de embriaguez, por diferentes que sejam seus condicionamentos, têm força para isso, sobretudo a embriaguez da excitação sexual, que é a modalidade mais antiga e primitiva de embriaguez. O mesmo se passa com a embriaguez que há por trás de todos os grandes desejos, de todos os afetos intensos; a embriaguez da festa, da competição, do ato de bravura, da vitória, de todo movimento extremo; a embriaguez da crueldade; a embriaguez na destruição; a embriaguez sob determinadas influências meteorológicas, a embriaguez primaveril, por exemplo; ou sob a influência de narcóticos; por fim, a embriaguez da vontade, a embriaguez de uma vontade sobrecarregada e tumefeita. O essencial na embriaguez é o sentimento de ampliação da força e de plenitude. Esse sentimento, nós o projetamos sobre as coisas, obrigando-as a receber algo de nós, violentando-as – a esse processo se chama *idealizar*. Libertemo-nos de um preconceito: o idealizar *não consiste*, como em geral se acredita, num subtrair ou descontar o pequeno, o acessório. O decisivo está muito mais num imenso *extrair* dos traços fundamentais, de modo que os demais desapareçam.

9

Nesse estado, enriquecemos todas as coisas com nossa própria plenitude: o que vemos, o que desejamos, vemo-lo entumecido, comprimido, forte, carregado de força. O homem nesse estado transforma as coisas, até que espelhem a sua força, até que se façam reflexo de sua perfeição. O ter de transformar as coisas em algo perfeito é arte. Mesmo tudo o que não é o homem nesse estado não obstante se lhe converte no prazer em si; na arte o homem desfruta de si mesmo como perfeição. Caberia imaginar um estado oposto, uma natureza especificamente antiartística do instinto, um modo de ser que empobrecesse todas as coisas, que as diluísse, que as debilitasse. E, de fato, a história é rica nesses antiartistas, nesses esfomeados de vida: eles têm necessidade de tomar as coisas para si, de consumi--las, de fazê-las *mais magras*. Tal é o caso do verdadeiro cristão, de Pascal, por exemplo: um cristão que seja ao mesmo tempo um artista é algo que *não se dá*. Que não se seja pueril a mencionar-me Rafael ou qualquer dos cristãos homeopáticos do século XIX: Rafael dizia Sim, Rafael *fazia* Sim, e consequentemente Rafael não era um cristão...

10

Que significam os conceitos opostos de *apolíneo* e *dionisíaco* introduzidos por mim na estética,[2] ambos compreendidos como tipos de embriaguez?

---

2. Essas duas categorias estéticas são introduzidas por Nietzsche em O *nascimento da tragédia* (1872), sua obra de estreia, que marca sua passagem da filologia para a filosofia. Sendo ali apresentadas como "intuições estéticas", elas norteiam a sua concepção do trágico e estruturam a proposta de renascimento da arte trágica na Alemanha de seu tempo. Em grande parte ausentes – sobretudo o apolíneo e ao menos como dispositivos linguísticos, diga-se

A embriaguez apolínea mantém excitado sobretudo o olho, de modo que ele adquire a força da visão. O pintor, o artista plástico e o épico são visionários *par excellence*. Nos estados dionisíacos, ao contrário, o que excita e intensifica é o inteiro sistema dos afetos: de modo que esse sistema descarrega todos os seus meios de expressão de uma só vez, e ao mesmo tempo faz expelir forças para o representar, reproduzir, transfigurar e transformar toda espécie de mímica e atuação. O essencial continua a ser a facilidade da metamorfose, a incapacidade de não reagir (de modo semelhante ao que se tem com certas histéricas, que ao menor aceno passam a adotar *qualquer* papel). Ao homem dionisíaco é impossível não entender alguma sugestão, ele não ignora nenhum sinal de afeto, possui em mais alto grau o instinto de compreender e adivinhar, e o mesmo se passa com a arte da comunicação. Ele se imiscui em toda pele, em todo afeto: transmuta-se continuamente. A música, tal como hoje a compreendemos, é também uma excitação e uma descarga completa dos afetos, e não obstante apenas a remanescência de um mundo mais pleno em expressão dos afetos, um mero *residuum* do histrionismo dionisíaco. Para tornar possível a música como arte específica, teve de se inibir uma grande quantidade de sentidos, sobretudo o sentido muscular (ao menos relativamente, pois em certa medida todo ritmo segue a falar a nossos músculos): de modo que o homem não mais imita e representa com o corpo tudo o que sente. Não obstante, *esse* é bem o estado dionisíaco normal, e em todo caso o estado primordial; a música é a especificação lentamente alcançada desse estado, à custa das faculdades que lhe são mais aparentadas.

11

O ator, o mímico, o dançarino, o músico, o poeta lírico são radicalmente aparentados em seus instintos, são em si mesmos uma só coisa, tendo sido, porém, pouco a pouco, especializados e separados uns dos outros – até se contradizerem entre si. O poeta lírico foi o que se manteve unido ao músico por mais tempo; o ator, com o dançarino. O *arquiteto* não representa nem um estado dionisíaco nem um apolíneo: aqui se tem o grande ato da vontade, a vontade que move montanhas, a embriaguez da vontade, que

---

de passagem – no desenvolvimento filosófico de Nietzsche, essas duas noções aparecem agora ao final de seu percurso, desta feita com o estofo fisiopsicológico granjeado por suas intensas leituras científicas e semicientíficas, devidamente dirigidas e filtradas por seu questionamento filosófico.

anseia pela arte. Foram sempre os homens mais poderosos que inspiraram os arquitetos; o arquiteto esteve constantemente submetido à sugestão do poder. Na construção devem se fazer visíveis o orgulho, a vitória sobre a gravidade, a vontade de potência; a arquitetura é uma espécie de eloquência do poder expressada em formas que algumas vezes convence e mesmo adula, enquanto em outras vezes se limita a dar ordens. O mais alto sentimento de poder e segurança vem se expressar no que tem grande *estilo*. O poder, que já não necessita de nenhuma demonstração; que desdenha de agradar; que dificilmente responde; que não percebe testemunhas à sua volta; que vive sem ter consciência de que alguém o contradiga; o que descansa *em si* mesmo, fatalista, uma lei entre leis: *isto* fala de si sob a forma de grande estilo.

12

Li a vida de *Thomas Carlyle*, esta farsa contra o saber e o querer, essa interpretação heroico-moralista de estados dispépticos. Carlyle, um homem de palavras e atitudes fortes, um retórico por *necessidade*, constantemente espicaçado pelo anseio de ter uma fé sólida e pela sensação de ser incapaz disso (aí se tem um típico romântico!). O anseio por uma fé sólida não é a demonstração de uma fé sólida, e sim muito mais o contrário. *Quando se a tem*, pode-se permitir o belo luxo do ceticismo: é-se seguro o bastante, firme o bastante, "ligado" o bastante para tal. Carlyle entorpece algo em si por meio do *fortissimo* de sua veneração pelos homens de fé solida e pela sua raiva dirigida aos menos inocentes: ele *necessita* de ruído. Uma constante e apaixonada *improbidade* para consigo – eis o seu *proprium*, e com isso ele se mantém interessante. Por certo que na Inglaterra ele é admirado precisamente por sua probidade... Ora, isso é inglês; e considerando que o inglês é o povo do perfeito *cant*,[3] tal é não apenas compreensível, e sim até mesmo justo. No fundo, Carlyle é um ateu inglês que busca a sua honra em *não* o ser.

13

Emerson. Muito mais ilustrado, errante, múltiplo, refinado do que Carlyle, mas sobretudo mais feliz... Alguém que por instinto alimenta-se tão somente de ambrosia, que deixa de lado o que nas coisas há de indigerível. Comparado a Carlyle, é um homem de gosto. Carlyle, que muito o

---

3. Termo inglês que designa *hipocrisia*.

amava, mesmo assim disse a seu respeito: "ele não *nos* dá o suficiente para morder": isso pode ser dito com justiça, mas não em desfavor a Emerson. Emerson tem essa boa e espirituosa alegria serena que desarma toda a seriedade; de modo algum sabe quão velho é e quão jovem ainda será – de si mesmo ele poderia dizer, com uma frase de Lope de Vega: "yo me sucedo a mi mismo".[4] Seu espírito sempre encontra motivos para estar satisfeito e mesmo agradecido; e por vezes ele roça a transcendência serena de todo sujeito honesto ao retornar de um encontro amoroso *tamquam re bene gesta* [tal qual uma coisa bem feita]. "*Ut desint vires*", disse agradecido, "*tamen est laudanda voluptas*" [ainda que faltem forças, é de se louvar a volúpia].

14

Anti-Darwin. No que diz respeito à célebre "luta pela vida", esta me parece mais afirmada do que demonstrada. Isto se dá, mas como exceção; o aspecto geral da vida *não* é a necessidade, a situação de fome, e sim muito mais a riqueza, a opulência, mesmo a absurda dissipação – onde se combate, combate-se por *potência*...[5] Não se deve confundir Malthus com a natureza. Mas, dado que exista essa luta – e na verdade ela se dá –, infelizmente ela transcorre de modo inverso ao que deseja a escola de Darwin, do que talvez se *pudesse* desejar com ela: precisamente em detrimento dos fortes, dos privilegiados, das exceções felizes. As espécies *não* crescem em perfeição: os fracos sempre tornam a dominar os fortes – isso faz com que sejam em grande número, e que sejam também mais *espertos*... Darwin se esqueceu do espírito (isto é inglês!), *os fracos têm mais espírito*... É preciso ter necessidade de espírito para obter espírito – ou se o perde quando dele

---

4. Esse verso do dramaturgo e poeta espanhol Lope de Vega (1562-1635) encontra-se em sua comédia ¡*Si no vieran las mujeres!...*, no ato I, cena XI. A citação encontra-se também no fragmento póstumo 11 [22], novembro de 1887-1888.

5. Se há um nome que confere um enquadramento cultural geral e inescapável da época de Nietzsche, este é o de Darwin – assim como Newton, analogamente, "enquadrava" o século anterior, que foi o do Iluminismo e de Kant. Trata-se bem de um "enquadramento", e não de uma posição a mais, passível de ser simplesmente refutada. Exatamente por isso Nietzsche não está de todo se posicionando *contra* Darwin, por mais que o diga e que isso possa parecer à primeira vista. Está, isso sim, aprofundando a sua noção de "luta pela vida", situando-a numa esfera mais profunda, na qual a abundância, um sentimento de potência, subjaz ao que mais superficialmente se mostra como carência. Para propor esse aprofundamento, Nietzsche se ampara nos estudos que realizou sobretudo ao longo da década de 1880, debruçando--se sobre os avanços da biologia, e mais precisamente da citologia e da embriologia de seu tempo. A esse respeito, quanto ao aspecto da potência a subjazer à luta pela vida, destaca-se a ascendência que sobre ele tiveram as contribuições do biólogo Wilhelm Roux e do zoólogo e embriologista Wilhelm Rolph.

não mais se necessita. Aquele que detém a força dispensa o espírito ("deixem que se extinga!", pensa-se hoje na Alemanha – "o *Reich* continuará nosso"...). Por "espírito" eu entendo, como se vê, a cautela, a paciência, a astúcia, a simulação, o grande autodomínio e tudo o que seja *mimicry*[6] (a este pertence grande parte da assim chamada virtude).

15

Casuística de psicólogos. Este é um conhecedor dos homens: para que, afinal, os estuda? Deseja propriamente adquirir pequenas vantagens sobre eles ou também as grandes – ele é um *politicus*! Aquele lá é também um conhecedor de homens: e vos diz que nada quer, que é um grande "impessoal". Olhem com mais atenção! Talvez queira ele com isso obter vantagem *ainda pior*: sentir-se superior aos homens, poder observá-los de alto a baixo, já não se confundir com eles. Esse "impessoal" é um *desprezador* do homem: e aquele primeiro é a espécie mais humana, em que pese o que possa dizer a aparência. Pelo menos ele se põe no mesmo plano, ele se põe *dentro*...

16

O *tato psicológico* dos alemães me parece posto em discussão por toda uma série de casos, os quais a modéstia me impede de arrolar. Em um único caso não me faltará um grande ensejo para fundamentar a minha tese: guardo rancor aos alemães por terem se equivocado acerca de *Kant* e sua "filosofia de portas dos fundos",[7] como eu a chamo – este *não* foi o tipo de retidão intelectual. Outra coisa que não me apraz ouvir é um famigerado "e": os alemães dizem "Goethe e Schiller" – e eu receio que digam "Schiller e Goethe"... Ainda não *conheceis* esse Schiller? Existem "es" ainda piores; ouvi com meus próprios ouvidos, ainda que apenas entre professores universitários, "Schopenhauer *e* Hartmann"...

17

Os homens mais espirituais, supondo que sejam os mais corajosos, são também os que vivenciam as tragédias que são, de longe, as mais

---

6. Em inglês no original: *mimetismo*.
7. "Philosophie der Hinterthüren", a "filosofia da porta dos fundos": Nietzsche assim se refere à filosofia kantiana em razão de Kant, na *Crítica da razão pura,* ter expulsado a metafísica pela "porta da frente", subtraindo-lhe a possibilidade de se constituir como ciência, para então fazê-la entrar pela porta dos fundos, da crença, compensação esta que se tem na *Crítica da razão prática*.

dolorosas: mas precisamente por isso eles honram a vida, já que ela lhes contrapõe o seu máximo antagonismo.

18

Sobre a "consciência intelectual". Nada me parece hoje mais raro do que a hipocrisia autêntica. Tenho uma grande suspeita de que a atmosfera suave de nossa cultura não seja suportável. Essa hipocrisia é própria das épocas de fé sólida: quando não se abandonava a fé que se tinha, mesmo que houvesse *coação* para exibir outra fé. Pois hoje se abandona a fé; ou, o que é ainda mais frequente, adquire-se uma segunda fé – em qualquer dos casos se continua *sincero*. Sem dúvida que hoje é possível um número muito maior de convicções do que antes: "possível" quer dizer "permitido", que quer dizer *"inofensivo".* A tolerância para consigo mesmo autoriza múltiplas convicções: elas mesmas convivem pacificamente – resguardam-se, como todo mundo hoje, de se comprometer. E como hoje alguém se compromete? Quando tem coerência. Quando vai em linha reta. Quando admite menos do que cinco significados. Quando se é autêntico... É grande o meu medo de que o homem moderno seja simplesmente preguiçoso demais para alguns vícios: de modo que esses simplesmente se extinguem. Todo o mal, que é condicionado pela vontade forte – e talvez não haja nada que seja mau sem força de vontade –, degenera, em nossa tépida atmosfera, em virtude... Os poucos hipócritas que eu conheci imitavam a hipocrisia: como hoje em dia quase uma pessoa em dez, eles eram atores.

19

Belo e feio. Nada é mais condicionado, digamos, *limitado*, do que nosso sentimento do belo. Quem quiser pensá-lo separado do prazer do homem pelo homem de pronto verá o chão ceder sob seus pés. O "belo em si" é meramente uma palavra, nem sequer um conceito. No belo o homem se põe como medida da perfeição; em casos selecionados, nele se adora a si mesmo. Só mesmo dessa maneira uma espécie *pode* dizer sim a si mesma. Seu instinto *mais baixo*, que é o da autoconservação e o da ampliação de si, irradia-se mesmo em tais sublimidades. O homem que o próprio mundo encontra repleto de beleza – *esquece* de si como causa dela. Tão somente ele dotou o mundo de beleza, ah, no fundo o homem se espelha nas coisas, toma por belo tudo o quanto lhe devolve a sua imagem: o juízo de "belo" é a sua *vaidade de espécie*... Precisamente o cético pode ouvir uma leve suspeita a lhe sussurrar no ouvido a pergunta: o mundo efetivamente se fez belo porque o homem o tomou por belo? Ele o *humanizou*: isso é tudo. Porém nada, nada de modo algum assegura que precisamente o homem tenha proporcionado o modelo para o belo. Quem sabe como ele se apresentaria aos olhos de um juiz do gosto superior? Ousado, talvez? Talvez mesmo divertido? Um pouco arbitrário, talvez?... "Oh, Dioniso, divino, por que me puxas as orelhas?", certa vez perguntou Ariadne ao seu filósofo amante durante um daqueles célebres diálogos em Naxos. "Encontro uma espécie de humor em tuas orelhas, Ariadne: por que motivo elas não são ainda mais longas?"

20

Nada é belo, somente o homem é belo: nessa ingenuidade reside toda a estética, ela é a sua *primeira* verdade. A ela acrescentamos logo a segunda: nada é mais feio do que o homem *degenerado* – com isso o reino do juízo estético se delimita. Se se considera fisiologicamente, todo o feio no homem se enfraquece e se aflige. Ele se recorda da queda, do perigo, da impotência; com isso ele de fato perde energia. Pode-se mensurar o efeito do feio com o dinamômetro. Ao que, de algum modo, se encontra abatido, o homem fareja a proximidade de algo "feio". Seu sentimento de potência, sua vontade de potência, sua coragem, seu orgulho – isso coincide com o feio, isso aumenta com o belo... Tanto num caso como no outro, *extraímos uma conclusão*: as premissas para tal acumulam-se numa enorme quantidade de instintos. O feio é compreendido como sinal e sintoma da degenerescência: o que mais remotamente faz lembrar a degenerescência produz em nós o juízo do "feio". Qualquer sinal de esgotamento, de peso, de idade, de cansaço, qualquer espécie de não liberdade, como a convulsão, como a paralisia, em especial o odor, a cor, a forma da dissolução, da decomposição, ainda que na extrema rarefação do símbolo – tudo isso suscita a mesma reação, o mesmo juízo de valor do "feio". Um ódio irrompe daí: a quem o homem está a odiar aí? Mas não se tenha dúvida: *o declínio de seu tipo*. Ele o odeia com o mais profundo instinto da espécie: nesse ódio se tem arrepio, cautela, profundidade, visão a distância – é o ódio mais profundo que existe. Em razão dele a arte é *profunda*...

21

Schopenhauer. Schopenhauer, o último alemão a ser levado em conta (que é um acontecimento europeu tal como Goethe, como Hegel, como Heinrich Heine, e não um mero acontecimento local, "nacional"), é, para um psicólogo, um caso de primeira classe: de modo preciso, pela sua tentativa malignamente genial de lançar mão, para uma integral desvalorização niilista da vida, justamente das contrainstâncias, das grandes afirmações da "vontade de vida", das formas de exuberância da vida. Interpretou sucessivamente a *arte*, o heroísmo, o gênio, a beleza, a grande compaixão, o conhecimento, a vontade de verdade, a tragédia como fenômenos derivados da "negação" ou da necessidade de negação da "vontade" – o maior falseamento psicológico que se tem na história, exceção feita ao cristianismo. Visto de modo mais preciso, Schopenhauer nada mais é do que o herdeiro da interpretação cristã: apenas soube *tomar por bem* o que foi *rejeitado* pelo cristianismo, os grandes fatos culturais da humanidade, num sentido cristão, ou seja, niilista (precisamente como caminhos para a "redenção", como pré-formas da "redenção", como estimulantes da necessidade de "redenção"...).

22.

Vou tomar um único caso. Schopenhauer fala da beleza com um ardor melancólico – por que, em última instância? Porque vê nela uma *ponte,* pela qual se chega mais longe, ou porque por ela se adquire a sede de chegar mais longe... A beleza é para ele a redenção da "vontade" por alguns instantes – ela atrai a uma redenção para sempre... Em especial ele louva a beleza como a que redime do "fogo da vontade", da sexualidade – na beleza ele vê *negado* o instinto de procriação... Que santo estranho! Alguém o contradiz, eu receio, e é a natureza. Para que, afinal, há beleza no som, na cor, no perfume, no movimento rítmico da natureza? O que *faz manifestar-se* a beleza? Felizmente há também um filósofo a contradizê--lo. Nada menos que uma autoridade como a do divino Platão (assim o chama o próprio Schopenhauer) vem sustentar uma tese distinta: a de que toda beleza estimula a procriação – a de que é bem esse o *proprium* de seu efeito, do mais sensual até o mais espiritual...

23.

Platão vai mais longe. Com uma inocência tal que para tê-la houve que surgir um grego, e não um "cristão", ele diz que de modo algum existiria uma filosofia platônica se em Atenas não houvesse jovens tão belos: a visão deles é que lança a alma do filósofo num frenesi erótico e não lhe permite repouso até que tenha plantado a semente de todas as coisas elevadas num terreno tão belo. Também este é um santo estranho! – não damos crédito a nossos ouvidos, supondo que o tenhamos dado a Platão. Pelo menos se adivinha que em Atenas se filosofava *de outro modo*, sobretudo publicamente. Nada é menos grego do que a teia de aranha conceitual tecida por um eremita, o *amor intellectualis dei* à maneira de Spinoza.[8] A filosofia à maneira de Platão seria mais definível ao modo de uma competição erótica, ao modo de um aperfeiçoamento e uma interiorização da velha ginástica agonal e de seus *pressupostos*... O que foi que acabou por crescer desse filosofar erótico de Platão? Uma nova forma artística do ágon grego, a dialética. Eu ainda me lembro, *contra* Schopenhauer e em honra a Platão, que também toda a cultura e a literatura superiores da França *clássica* brotaram do solo do interesse sexual. Pode-se nela por toda parte buscar a galanteria, os sentidos, a rivalidade dos sexos, a "mulher" – e jamais se buscará em vão...

24

L'art pour l'art [a arte pela arte]: a luta contra a finalidade na arte é sempre a luta contra a tendência *moralizante* na arte, contra a sua subordinação à moral. *L'art pour l'art* significa: "que o diabo carregue a moral!". Porém, mesmo essa hostilidade revela a prepotência do preconceito. Quando se excluiu da arte a finalidade de predicar a moral e de melhorar o homem, disso ainda nem de longe se segue que a arte de modo geral seja desprovida de finalidade, de meta, de sentido, em suma, *l'art pour l'art* – um verme que morde a própria cauda. "Preferível finalidade nenhuma a uma finalidade moral!" – assim fala a mera paixão. Um psicólogo por sua vez pergunta: o que faz toda a arte? Ela não louva? Não glorifica? Não seleciona? Não põe em relevo? Com tudo isso ela *fortalece* ou *enfraquece* certas valorações... Será isso algo apenas acessório? Um acaso? Algo do qual o instinto do artista não teria participado de modo algum? Ou então: não será esse o pressuposto para que o artista possa...? Tenderá seu instinto mais básico para a arte ou tenderá mais para o sentido da arte, a *vida*? Para um fazer *desejável* à *vida*? A arte é

---

8. No alemão há aqui um malicioso e intraduzível jogo de palavras com *Spinne*, aranha, e Spinoza, a sugerir, evidentemente, que também o filósofo holandês estaria a enredar com sua teia conceitual.

o grande estimulante da vida: de que modo se poderia compreendê-la como sem finalidade, como sem meta, como *l'art pour l'art*? Uma pergunta se mantém: a arte expressa da vida também muito de feio, de duro, de questionável – não parece com isso tirar o gosto pela vida? E, na verdade, há filósofos que emprestaram a ela esse sentido: "livrar-se da vontade", ensinou Schopenhauer como propósito geral da arte, e como grande utilidade da tragédia ele venerou o "dispor-se à resignação". Porém isso – já dei a entender – é óptica pessimista e "mau olhado": é preciso apelar aos próprios artistas. *O que o artista trágico nos comunica sobre si mesmo?* Não estará ele a mostrar precisamente o estado sem medo ante o que é terrível e questionável? Esse estado é em si mesmo uma elevada aspiração; quem o conhece louva-o com os mais elevados louvores. Comunica-o, *tem de* comunicá-lo, pressupondo-se que seja um artista, um *gênio* da comunicação. A valentia e a liberdade do sentimento ante um inimigo poderoso, ante um infortúnio sublime, ante um problema que desperta o horror – esse estado *vitorioso* é o que o artista trágico escolhe, o que ele glorifica. Ante a tragédia, o que há de guerreiro em nossa alma celebra suas saturnais; aquele que está habituado ao sofrimento, que busca o sofrimento, o homem *heroico* louva com a tragédia a sua existência – tão somente a ele o artista trágico oferece a bebida dessa dulcíssima crueldade.

25

Dar-se por satisfeito com os homens, ter a casa aberta ao próprio coração, isso é liberal, porém nada é meramente liberal. Aos corações que são capazes da hospitalidade *aristocrática*, pode-se reconhecê-los pelas muitas janelas acortinadas e portinholas fechadas: seus melhores aposentos se mantêm vazios. Ora, por quê? Porque esperam hóspedes com os quais não "nos damos por satisfeitos".

26

Já não nos estimamos o bastante quando nos comunicamos. Nossas vivências autênticas não são nem um pouco tagarelas. Não poderiam se comunicar, se o quisessem. É que lhes falta a palavra. Aquilo para o qual temos palavras, deixamo-lo já muito para trás. Em toda fala reside um grão de desprezo. A linguagem, ao que parece, foi inventada apenas para o que é ordinário, médio, mediano. Com a linguagem já se *vulgariza* o falante. De uma moral para surdo-mudos e outros filósofos.

27

"Este quadro é encantadoramente belo!"... A mulher literata, insatisfeita, excitada, árida no coração e nas vísceras, que com dolorosa curiosidade a todo tempo dá ouvidos ao imperativo que sussurra do fundo de sua organização *aut liberi aut libri* [ou filhos ou livros]: a mulher-literata, culta o bastante para entender a voz da natureza, mesmo quando esta fala em latim, e por outro lado vaidosa e parva o bastante para secretamente falar consigo também em francês *"je me verrai, je me lirai, je m'extasierai et je dirai: Possible, que j'aie eu tant d'esprit?"* [eu me verei, eu me lerei, eu me extasiarei, e eu direi: será possível que eu tenha tido tanto espírito?]...

28

Os "impessoais" tomam a palavra. "Nada nos é mais fácil do que ser sábios, pacientes, superiores. Nós transpiramos o óleo da indulgência e da compaixão, somos justos de maneira absurda, a tudo perdoamos. Justamente por isso deveríamos nos mostrar um pouco mais severos; justamente por isso de tempos em tempos deveríamos *cultivar* um pequeno afeto, um pequeno vício de afeto. Isso pode nos ser amargo; e entre nós talvez venhamos a rir do aspecto que com isso assumimos. Mas que adianta! Já não temos nenhum outro tipo de autossuperação: esta é a *nossa* estética, o *nosso* modo de fazer penitência... *Chegar a ser pessoal* – a virtude do "'impessoal'...".

29

De um exame de doutorado. "Qual é a tarefa do inteiro sistema de ensino superior?" Fazer do homem uma máquina. "Qual o meio para tal?" Ele tem de aprender a se entediar. "Como se chega a isso?" Pelo conceito de dever. "Qual o modelo que se tem para tanto?" O filólogo: ele ensina a aprender *puxando arado*.[9] "Quem é o homem perfeito?" O funcionário público. "Qual filosofia proporciona a mais elevada fórmula para o funcionário público?" A de Kant: a do funcionário como coisa em si, alçado a juiz sobre os funcionários públicos ao modo de fenômeno.

---

9. No original tem-se a gíria *ochsen*, de *Ochs*, boi, a designar um aprendizado lento e não desprovido de dificuldades. A formação do verbo a partir de "boi" designaria uma ação tipicamente bovina, dificultosa, como o trabalhar arando a terra – pense-se no boi a puxar o arado.

30

O direito à estupidez. O trabalhador "cansado" a respirar lentamente, que olha benevolente, que deixa as coisas irem como vão: essa figura característica, com que agora, na idade do trabalho (sim, *e do Reich!*), encontramo-nos em todas as classes da sociedade, reivindica para si hoje precisamente a *arte*, incluindo o livro, sobretudo o jornal – e tanto mais a natureza bela, a Itália... O homem do Ocidente, com os "selvagens impulsos adormecidos", a que se refere Fausto, precisa do verão, do banho de mar, das geleiras, de Bayreuth... Em épocas assim, a arte tem o direito à *tolice pura* – como uma espécie de férias para o espírito, de engenho e ânimo. Isso entendeu Wagner. A *tolice pura* restabelece...

31

Ainda um problema de dieta. Os meios com que Júlio César se defendeu de doenças e da dor de cabeça: marchas imensas, o mais simples modo de vida, permanência ininterrupta ao ar livre, fadigas constantes – estas são, em grandes traços, as regras de conservação e de proteção contra a extrema vulnerabilidade dessa máquina sutil, que trabalha sob a mais elevada pressão, a que se chama gênio.

32

Fala o imoralista. Nada repugna mais o gosto de um filósofo do que o homem, *quando ele deseja*... Se o filósofo vê o homem apenas em seu fazer, se o que vê é esse animal o mais valente, o mais astuto, o mais resistente a errar em aflições labirínticas, quão digno de admiração lhe parece o homem! Ele ainda lhe infunde ânimos... Mas o filósofo despreza o homem desejante, mesmo o homem "desejável" – e, em especial, despreza toda a desejabilidade, todos os ideais do homem. Se um filósofo pudesse ser niilista, ele o seria porque por trás de todos os ideais se encontra o homem. Ou nem mesmo o nada – e sim apenas o abjeto, o absurdo, o doentio, o covarde, o cansado, todo tipo de fermento do copo *esvaziado* de sua vida... O homem, se como realidade é tão digno de admiração, como é que, quando deseja, não merece a menor estima? Terá ele de expiar o fato de ser tão hábil como realidade? Terá de compensar o seu agir, a tensão da mente e da vontade que há em todo agir, com um relaxamento dos membros no imaginário e no absurdo? A história de seus desideratos foi até agora a *partie honteuse* [parte *vergonhosa*] do homem: devemos nos guardar de a ler por muito tempo. O que justifica o homem é a sua realidade – ela o justificará eternamente. Quanto mais valoroso não será o homem real se comparado a qualquer outro homem apenas desejado, sonhado, inventado de maus odores, com qualquer homem *ideal*? E apenas o homem ideal repugna o gosto do filósofo.

33

Valor natural do egoísmo. O egoísmo vale tanto quanto fisiologicamente vale quem o tem. Pode ser de muito valor como pode ser indigno e desprezível. Por isso pode-se submeter a todo indivíduo para ver se ele representa a linha ascendente ou descendente da vida. Quando se toma uma decisão sobre isso, tem-se também um cânone para se saber o valor de seu egoísmo. Se representa a linha ascendente, seu valor é de fato extraordinário – e por amor à vida em seu conjunto, que com ele dá um passo *adiante*, os cuidados com sua conservação, tendo em vista a criação de seu *optimum* de condições, pode mesmo ser extremo. O indivíduo, o *"individuum"*, como até agora o entenderam povo e filósofo, é, sim, um erro: ele por si mesmo nada é, não é átomo, nem "elo da cadeia", nem mesmo algo herdado de outro tempo – ele é a inteira única linha homem até chegar a si mesmo... Se representa a linha ascendente na evolução, a decadência, a degeneração crônica, o adoecimento (as doenças já são, em grandes traços, fenômenos que resultam do declínio, *não* suas causas), desse modo lhe cabe pouco valor, e o mínimo de equidade quer que ele *subtraia* o menos possível aos bem constituídos. Ele não é mais que o seu parasita...

34

Cristão e anarquista. Quando o anarquista, como porta-voz de estratos *declinantes* da sociedade, com bela indignação reclama "direito", "justiça", "direitos iguais", com isso ele está submetido à pressão de sua incultura, que não sabe compreender *por que* ele, na verdade, sofre – *do que* ele é pobre, de vida... Um impulso causal é nele poderoso: alguém tem de ser o culpado por ele se encontrar mal. Além disso, também a "bela indignação" lhe faz bem, para todo pobre diabo é um prazer lançar injúrias – isso produz uma pequena embriaguez de prazer. Já a queixa, o ato de queixar-se, pode à vida conferir um encanto, em razão do qual se a suporta: uma dose sutil de *vingança há* em toda queixa,

88   FRIEDRICH NIETZSCHE

censuramos nossa condição ruim, às vezes mesmo nossa ruindade, aos que *são de outro* modo, como se fosse uma injustiça, um privilégio *ilícito*. "Se eu sou uma *canaille*, também tu deverias sê-lo": por essa lógica se faz a revolução. O queixar-se de nada serve em caso algum: é algo que advém da fraqueza. Atribuir a própria condição ruim a outros ou a *si mesmo* – o primeiro o faz o socialista, o último, por exemplo, o cristão – *não faz propriamente diferença. O comum, digamos também o indigno*, que se tem *aí está em que alguém deve ser culpado* por se sofrer – em suma, de o sofredor prescrever contra seu sofrimento o mel da vingança. Os objetos dessa necessidade de vingança, que é uma necessidade de *prazer*, *são causas ocasionais: aquele que sofre em toda parte encontra causas para resfriar sua pequena vingança* – se for cristão, digamo-lo mais uma vez, então vai encontrá-las em *si mesmo*... O cristão e o anarquista são ambos *décadents*. Mas também quando o cristão condena, quando calunia, quando conspurca o mundo, assim ele o faz partindo do mesmo instinto com base no qual o trabalhador socialista condena, calunia, conspurca a *sociedade*: o próprio "juízo final" continua a ser o doce consolo da vingança – a revolução, tal como também o trabalhador socialista a aguarda, apenas imaginada como algo mais remoto... O próprio "além" – para que um além se não fosse um meio para conspurcar o lado de cá?...

35

Crítica da moral da décadence. Uma moral "altruísta", uma moral em que o egoísmo *se atrofia*, não deixa de ser, sob quaisquer circunstâncias, um mau sinal. Isso vale para indivíduos, isso vale especialmente para os povos. Faltam os melhores quando se começa a falar em egoísmo. Escolher instintivamente o que é danoso *para si*, atrair-se por motivos "desinteressados" é quase que a fórmula para a *décadence*. "Não buscar a *sua própria vantagem*" – esta não é mais do que a folha de parreira moral para encobrir fato bem outro, ou seja, fisiológico: "já não sei encontrar minha utilidade"... Desagregação dos instintos! O homem está acabado ao se tornar altruísta. Em vez de ingenuamente dizer "já não tenho mais valor", a mentira moral na boca do *décadent* diz: "nada tem valor algum – a *vida* não tem valor algum"... Tal juízo não deixa de ser, em última instância, um grande perigo, ele atua de modo contagioso – logo ele proliferará pelo inteiro solo mórbido da sociedade sob a forma de uma vegetação tropical de conceitos, ora como religião (cristianismo), ora como filosofia (Schopenhauer). Sob certas circunstâncias, semelhante

IX. INCURSÕES DE UM EXTEMPORÂNEO 89

vegetação de árvores venenosas, nascidas da putrefação, e suas exalações
envenenam *a vida* durante milênios...

36

Moral para médicos. O doente é um parasita da sociedade. Em certos
estados é indecente seguir vivendo. Continuar vegetando, em depen-
dência covarde de médicos e tratamentos, depois de se ter perdido o
sentido da vida, o *direito* à vida, é algo que deveria suscitar um profundo
desprezo na sociedade. Os médicos, por sua vez, teriam de ser os in-
termediários desse desprezo – *não receitas, mas sim cada dia uma nova dose
de náusea* ante seus pacientes. Criar uma nova responsabilidade, a do
médico, para todos aqueles casos em que o interesse máximo é a vida, a
vida *ascendente*, exige o mais implacável rebaixamento e eliminação da
vida *que degenera* – por exemplo, no que tange ao direito à procriação,
ao direito de nascer, ao direito de viver. Morrer com orgulho, quando
já não é mais possível viver com orgulho. A morte escolhida livre-
mente, a morte no tempo certo, com lucidez e alegria, entre filhos e
testemunhos: de modo que ainda seja possível uma despedida real, onde
ainda está ali quem se despede, assim como uma real estimativa do que
foi alcançado e desejado, uma *súmula* da vida – tudo bem ao contrário
da lamentável e horrível comédia a que procedeu o cristianismo com a
hora da morte. Não se deve jamais esquecer o cristianismo, que abusou
da fraqueza do moribundo para violentar sua consciência, como abusou
da própria maneira de morrer para formular juízos de valor sobre o
homem e seu passado! Aqui, em que pesem todas as covardias do preconceito, é importante restabelecer antes de tudo a apreciação correta,
e isso significa a fisiológica, da assim chamada morte *natural*: ela, que
afinal *não passa de* uma morte "não natural", de um suicídio. *Não se* pe-
rece jamais por obra de outro, mas sim de si mesmo. Porém a morte nas
condições mais desprezíveis é a morte não livre, morte no *tempo errado*,
morte covarde. Por amor à vida se deveria querer a morte – querer a
morte de outra maneira, livre, consciente, sem acaso, sem surpresa...
Por fim, um conselho para os senhores pessimistas e outros *décadents*.
Não está em nossas mãos evitar ter nascido: porém esse erro – pois às
vezes é um erro – nós o podemos emendar. Quando alguém a si mesmo
se *elimina*, faz a coisa mais respeitável que existe: com isso quase merece
viver... A sociedade, o que digo eu! A *vida* mesma extrai mais vantagem
daí do que de uma "vida" qualquer em renúncia, em anemia e outras

90 FRIEDRICH NIETZSCHE

virtudes – outros foram poupados dessa visão, livrou-se a vida de uma *objeção*. O pessimismo, *pur, vert* [puro, verde], comprova-se tão somente pela autorrefutação dos senhores pessimistas: deve-se ir um passo além em sua lógica, não meramente negar a vida com "vontade e representação", como fazia Schopenhauer – deve-se *primeiro negar Schopenhauer*. O pessimismo, diga-se de passagem, por contagioso que seja, não obstante aumenta a morbidez de uma época, de uma estirpe em seu todo: ele é a sua expressão. Está-se entregue a ele como se está entregue à cólera: é preciso lhe estar predisposto de forma suficientemente mórbida. O pessimismo em si já não faz um único *décadent*; recordo-me do resultado da estatística pelo qual os anos em que grassou a cólera não se distinguiram dos outros no número total de mortes.

37

Se nos tornamos mais morais. Contra o meu conceito de "para além de bem e mal", como era de se esperar, lançou-se à ação a inteira *ferocidade* da estupidificação moral, que na Alemanha se deu a conhecer como a própria moral; narrei belas histórias a esse respeito. Fui instado a refletir em especial sobre a "inegável superioridade" de nosso tempo em juízos éticos, sobre o *progresso* que realmente fizemos aqui: em comparação conosco, um César Bórgia de modo algum pode ser apresentado como um "homem elevado", como uma espécie de *além-do-homem*, como eu faço... Um redator suíço, do *Bund*, chegou tão longe não sem expressar sua estima pela coragem de tal atrevimento, que "entendeu" que o sentido de minha obra consistia em eu com ela propor a eliminação de todos os sentimento decentes. Muito agradecido![10] Como resposta eu me permito suscitar a pergunta sobre *se nós temos nos tornado efetivamente mais morais*. O fato de todo mundo lhe crer já é uma objeção contra ele... Nós, homens modernos, muito delicados, muito vulneráveis, que damos e recebemos uma centena de considerações, nós de fato imaginamos que essa delicada humanidade, que nós representamos, que essa unanimidade *alcançada* na indulgência, na solicitude, na confiança recíproca, seria um progresso positivo, e com isso estamos acima dos homens do Renascimento. Mas assim pensam todas as épocas, assim *têm* elas de pensar. O certo é que não poderíamos nos colocar, nem sequer em pensamento,

---

10. *Sehr verbunden!* – aqui se tem um jogo de palavras com o nome do jornal suíço, [Der] *Bund* [união, federação], que publicou a crítica aqui em questão.

IX. INCURSÕES DE UM EXTEMPORÂNEO   91

em situações renascentistas: nossos nervos, para não falar de nossos músculos, não suportariam aquela realidade. Mas com essa incapacidade não se prova progresso algum, e, sim, apenas que nós temos uma constituição distinta, mais tardia, mais frágil, mais delicada, mais vulnerável, que necessariamente engendra uma moral *rica em considerações*. Se prescindíssemos mentalmente de nossa compleição delicada e tardia, de nosso envelhecimento fisiológico, também nossa moral da "humanização" logo perderia o seu valor – em si, moral alguma tem valor –: a nós inspiraria mesmo o menosprezo. Por outro lado, não duvidamos de que nós, modernos, com nossa humanidade espessamente forrada de algodão, que não quer se chocar com pedra alguma, aos contemporâneos de César Bórgia proveríamos uma comédia de se matar de rir. De fato, com nossas "virtudes" modernas somos involuntária e exageradamente cômicos. O decréscimo dos instintos hostis e suscitadores de desconfiança – e este sim seria nosso "progresso" – representa apenas uma das consequências do decréscimo geral de *vitalidade*: custa cem vezes mais esforço e mais cautela conseguir impor uma existência assim condicionada, assim tardia. Aqui nos ajudamos uns aos outros, aqui, até certo ponto, cada qual é em certo grau um enfermo e cada qual um enfermeiro. A isso se chama "virtude": entre homens que conheciam a vida de outra forma, mais plena, mais dissipadora, mais transbordante, tal seria chamado de outra forma, "covardia" talvez, "mesquinhez", "moral de mulheres velhas"... Nossa suavização de costumes – esta é a minha tese, minha *inovação*, se se quiser – é uma consequência do declínio; a natureza dura e terrível do costume pode ser, inversamente, consequência do excesso de vida: então, de fato se pode ousar muito, exigir muito e também *esbanjar* muito. O que outrora foi tempero da vida para nós seria *veneno*... Para ser indiferentes – também esta é uma forma de fortaleza – somos também demasiado velhos, demasiado tardios: nossa moral da simpatia, contra a qual fui o primeiro a advertir, isso que poderia se chamar *l'impressionisme moral* [o impressionismo moral] é expressão mais de superexcitabilidade fisiológica de tudo o quanto é *décadent*. Esse movimento, que, com a schopenhaueriana *moral da compaixão*, procurou apresentar-se como científico – tentativa bastante desafortunada! –, é o real movimento de *décadence* na moral, e como tal encontra-se profundamente aparentado à moral cristã. As épocas fortes, as culturas aristocráticas veem na paixão, no "amor ao próximo", na falta de si e de sentimento de si, algo desprezível. As épocas devem ser medidas segundo suas *forças positivas* – e com isso a época do Renascimento, tão dissipadora e rica em fatalidades, revela-se a última *grande* época, enquanto nós, os modernos, com nosso amor ao próximo, com nossas virtudes do trabalho, da falta de pretensões, da legalidade, do cientificismo – acumuladores, econômicos, maquinais –, revelamo-nos uma época *fraca*... Nossas virtudes estão condicionadas, são *provocadas* por nossa fraqueza. A "igualdade", um certo assemelhamento efetivo, que na teoria da "igualdade de direitos" faz apenas expressar-se, é parte essencial do declínio: o abismo entre homem e homem, entre classe e classe, a multiplicidade dos tipos, da vontade de ser si mesmo, de destacar-se, a isso chamo *pathos* da distância,[11] é algo próprio a toda época *forte*. A tensão, a envergadura entre os extremos faz-se hoje cada vez menor – os próprios extremos se apagam até finalmente se chegar à semelhança... Todas as nossas teorias políticas *e* constituições de Estado, sem de modo algum excluir o "Reich [Império] alemão", são decorrências, consequências necessárias do declínio: o efeito inconsciente da *décadence* chegou a dominar até nos ideais das ciências particulares. Minha objeção a toda a sociologia na Inglaterra e na França continua a ser a de que por experiência própria ela só conhece as *formas declinantes* da sociedade e, de modo de todo inocente, toma seus próprios instintos de decadência como *norma* do juízo sociológico de valor. A vida *declinante*, o decréscimo de toda forma que organiza, isto é, que separa, põe-se a rasgar abismos, subordina e sobreordena, essa vida formula-se na sociologia de hoje como um *ideal*... Nossos socialistas são *décadents*, mas também o senhor Spencer é um *décadent* – ele vê na vitória do altruísmo algo desejável!...

38

Meu conceito de liberdade. Por vezes, o valor de uma coisa não se encontra no que com ela se alcança, mas, sim, no que por ela se paga – no que ela nos *custa*. Dou um exemplo: as instituições liberais deixam de ser liberais tão logo são alcançadas: depois, nada há de tão prejudicial e fundamentalmente nocivo à liberdade do que instituições liberais. Sabe-se, sim, *o que* elas levam a cabo: solapam a vontade de potência, são a nivelação de montanhas e vales elevada à categoria da moral, fazem o homem pequeno,

---

11. Sobre o *pathos* da distância como sentimento característico de homens e épocas superiores – e entenda-se *pulsionalmente* superiores – que nessa condição se põem na condição mais elevada e dali estabelecem hierarquias e valores, cf. *Além do bem e do mal*, § 62; e *Genealogia da moral*, I, § 2.

covarde e ávido por prazeres – com elas sempre triunfa o animal de rebanho. Liberalismo: dito claramente, *animalização gregária*... Essas mesmas instituições, enquanto ainda não foram conquistadas, suscitam bem outros efeitos; então poderosamente fomentam, de fato, a liberdade. Vendo de modo mais preciso, o que produz tais efeitos é a guerra, a guerra pelas instituições liberais, a qual, por ser guerra, faz perdurar os instintos *não liberais*. E a guerra educa para a liberdade. Então o que é liberdade?! Ter vontade de autorresponsabilidade. Manter a distância que nos separa. Fazer-se indiferente à fadiga, à dureza, à privação, mesmo à vida. Estar disposto a sacrificar homens à sua causa, incluindo a si mesmo. Liberdade significa que os instintos viris, que se deleitam na guerra e na vitória, dominem outros instintos, por exemplo, o da "felicidade". O homem *que se tornou livre*, e muito mais o *espírito* tornado livre, pisoteia a espécie desprezível de bem-estar com que sonham os mascates, os cristãos, as vacas, as mulheres, os ingleses e outros democratas. O homem que se tornou livre é *guerreiro*. Pelo que se mede a liberdade, em indivíduos como em povos? Pela resistência que se tem de superar, pelo esforço que custa se manter *acima*. Ao tipo supremo de homem livre haveria de se buscar lá onde continuamente se supera a suprema resistência: a cinco passos da tirania, junto ao limiar do risco da servidão. Isso é psicologicamente verdadeiro, se por "tiranos" entendemos instintos implacáveis e terríveis, que contra si provocam o máximo de autoridade e disciplina – o tipo mais belo, Júlio César –; isso é também politicamente verdadeiro, para vê-lo basta dar um passeio pela história. Os povos que tiveram algum valor, que chegaram a ter valor, jamais o tiveram sob instituições liberais: o *grande perigo* foi o que lhes fez merecedores de respeito, o perigo que nos ensina a conhecer nossos recursos, nossas virtudes, nossa defesa e nossas armas, nosso espírito – que nos *impele* a ser fortes... *Primeiro* princípio: é preciso ter a necessidade de ser forte, ou então jamais se o será. Aqueles grandes viveiros para as mais fortes espécies de homem que já houve, as comunidades aristocráticas à maneira de Roma e de Veneza, entendiam a liberdade precisamente no sentido pelo qual compreendo a palavra liberdade: como algo que se tem e *não* se tem, que se *quer*, que se *conquista*...

39

Crítica da modernidade. Nossas instituições já não servem para nada. Há unanimidade a esse respeito. Mas o problema não remete a elas, e, sim, a *nós*. Depois de ter perdido todos os instintos dos quais crescem as instituições, estamos perdendo as próprias instituições, *porque já não servimos para elas.* Em todos os tempos, o democratismo foi uma forma de declínio da força organizadora: já em *Humano, demasiado humano,* I, 318,[12] eu caracterizava a democracia moderna, juntamente com suas meias-realidades, como a do "Reich alemão", ao modo de forma de declinante do Estado. Para que haja instituições, é preciso haver uma espécie de vontade, instinto, imperativo, que seja antiliberal até a maldade: a vontade de tradição, de autoridade, de responsabilidade para com os séculos adiante, de *solidariedade* entre cadeias geracionais para frente e para trás *in infinitum* [até o infinito]. Existindo essa vontade, funda-se algo como o *Imperium Romanum:* ou como a Rússia, a *única* potência hoje com durabilidade em si, que pode esperar, que algo ainda pode prometer — *Rússia, o conceito contrário à miserável divisão europeia em pequenos Estados e nervosismo, que a fundação do Reich alemão fez entrar em estado crítico...* O inteiro Ocidente já não tem aqueles instintos de que brotam as instituições, de que brotam o *futuro:* é possível que nada contrarie tanto o seu "espírito moderno". Vive-se para hoje, vive-se com muita pressa — vive-se de modo muito irresponsável: a isso se chama, precisamente, "liberdade". O que *faz* das instituições é desprezado, odiado, rejeitado: crê-se no perigo de uma nova escravidão, em que a palavra "autoridade" seja um mero som. A esse ponto chega a *décadence* no instinto dos valores de nossos políticos, de nossos partidos políticos: esses *preferem instintivamente* o que dissolve, o que acelera o fim... Testemunha disso é o *casamento moderno.* É visível o quanto o casamento moderno perdeu toda a racionalidade: no entanto, isso não se constituiu em nenhuma objeção contra o casamento, mas, sim, contra a modernidade. A razão do casamento — ela consistia na responsabilidade jurídica exclusiva do homem: com isso o casamento tinha um centro de gravidade, ao passo que hoje ele claudica de ambas as pernas. A razão do casamento — ela consistia em sua insolubilidade por princípio: com isso ele recebia uma ênfase que sabia *se fazer ouvir* perante o acaso do sentimento, da paixão e do instante. Consistia mesmo na responsabilidade da família pela escolha dos cônjuges. Com a crescente indulgência em favor do casamento *por amor,* praticamente se eliminaram os fundamentos do casamento, aquilo que por primeiro *faz* dele uma instituição. Uma instituição nunca e

---

12. Nietzsche se refere ao aforismo 472 de *Humano, demasiado humano,* intitulado "Religião e governo".

jamais se funda numa idiossincrasia, *não* se funda o casamento, como se disse, no "amor" – ele é fundado no instinto sexual, no instinto de posse (mulher e filho como posse), no *instinto de domínio*, que continuamente organiza a forma mínima de domínio, a família, e *necessita* de filhos e herdeiros a fim de manter também fisiologicamente unas dimensões já alcançadas de poder, influência, riqueza. Como instituição o casamento já compreende em si a afirmação da forma de organização maior e mais duradoura: quando a própria sociedade já não pode se *garantir* como um todo até a gerações mais remotas, o casamento deixa de ter qualquer sentido. O casamento moderno *perdeu* o sentido – por consequência, tem sido abolido.

40

A questão do trabalhador. A estupidez, no fundo a degeneração dos instintos, que é a causa de *toda* a estupidez hoje em dia, consiste em haver uma questão do trabalhador. Sobre certas coisas *não se pergunta*: primeiro imperativo do instinto. Não consigo ver o que se quer fazer com o trabalhador europeu depois de dele se ter feito uma questão. Ele se encontra bem demais para não demandar cada vez mais, de maneira cada vez mais imodesta. Tem em seu favor, afinal, o grande número. Esvaiu-se totalmente a esperança de que aqui há uma espécie de homem modesta e satisfeita consigo mesma, de que um tipo chinês venha a compor uma classe: e de que isso teria uma racionalidade, de que teria sido francamente uma necessidade. O que fez o homem? Tudo, para aniquilar já em germe o pressuposto disso – foram destruídos, a não deixar pedra sobre pedra, os instintos pelos quais um trabalhador se faz possível como classe, pelos quais ele mesmo *se faz* possível. Fizeram o trabalhador apto para o serviço militar, deram a ele o direito a associação, o direito político de voto: quem há de se admirar se o trabalhador sinta já hoje a sua existência como calamitosa (dito moralmente, como uma injustiça)? Mas o que *querem*?, pergunto ainda uma vez. Querendo-se finalidade, há de se querer também os meios: querendo-se escravos, é-se um tolo quando se os educa para serem senhores...

41

"Liberdade, como *não* a entendo...". Em tempos como os atuais, o abandonar-se a seus próprios instintos já não é uma fatalidade. Esses instintos se contradizem, se estorvam, se destroem um ao outro; eu defino o *moderno* já como uma autocontradição fisiológica. A razão da educação queria que sob uma férrea pressão ao menos um desses sistemas de instintos fosse paralisado, a fim de permitir ao outro sistema recobrar as energias, fortalecer-se, dominar. Hoje, para tornar possível o indivíduo seria preciso a princípio *podá-lo*: possível, isso significa *inteiro*... O inverso é que se dá: a reivindicação de independência, de desenvolvimento livre, de *laisser aller* é bem aquela para a qual rédea alguma seria *curta demais* – isso vale *in politics* [em política], isso vale para a arte. Este, porém, é um sintoma da *décadence*: nosso moderno conceito de "liberdade" é mais uma prova da degeneração dos instintos.

42

Onde a fé é necessária. Nada é mais raro entre moralistas e santos do que a integridade; talvez eles digam o contrário, talvez mesmo *creiam* nisso. Pois quando uma fé é mais útil, mais eficaz, mais convincente do que a hipocrisia *consciente*, a hipocrisia, então, por instinto, de pronto se converte em *inocência*: primeira tese para se compreender os grandes santos. Também entre os filósofos, uma espécie de santos, o ofício inteiro faz com que se permitam apenas certas verdades: precisamente aquelas pelas quais seu ofício recebe a sanção *pública* – kantianamente falando, verdades da razão *prática*. Eles sabem que é isso o que *têm de* provar, e nisso são práticos – reconhecem-se entre aqueles que entre si mesmos concordam quanto "às verdades". "Não mentirás" – em alemão: *guardai-vos*, meu senhor filósofo, de dizer a verdade...

43

Dito ao ouvido dos conservadores. O que antes não se sabia, o que hoje se sabe, se poderia saber – não é possível nenhuma involução, nenhum retorno em qualquer sentido e grau. Nós, fisiólogos, ao menos sabíamos disso. Porém todos os sacerdotes e moralistas acreditaram em tal coisa – *quiseram* retroagir a humanidade a uma medida *anterior* de virtude, fazer com que desse voltas para trás, como aparafusá-la de volta. A moral foi sempre um leito de Procrusto. Mesmo os políticos nisso imitam os pregadores de virtude: ainda hoje existem partidos que como meta sonham que todas as coisas venham a *andar feito caranguejo*. Mas ninguém está livre de ser um caranguejo. Não há remédio: é preciso ir adiante, quero dizer, *seguir passo a passo rumo à décadence* (esta é a minha definição do "progresso" moderno...). Pode-se obstruir esse desenvolvimento, e,

IX. INCURSÕES DE UM EXTEMPORÂNEO   97

por meio da obstrução, represar, recolher, tornar a própria degeneração mais veemente e *mais súbita:* mais do que isso não se pode.

44

Meu conceito de gênio. Grandes homens são como grandes épocas, são material explosivo no qual se acumulou enorme quantidade de força; seu pressuposto é sempre, histórica e fisiologicamente, o de que durante muito tempo se reuniu, se amontoou e se poupou tendo-os em vista – o de que por muito tempo não tenha havido explosão. Se a tensão na massa se fez grande demais, basta o mais casual estímulo para trazer ao mundo o "gênio", a "ação", o grande destino. Que importa então o ambiente, a época, o "espírito da época", a opinião pública?! Tome-se o caso de Napoleão. A França da Revolução, e tanto mais da pré-revolução, teria gerado de si mesma o tipo contrário ao de Napoleão: e mesmo o *gerou*. E uma vez que Napoleão era *diferente*, herdeiro de uma civilização mais forte, mais duradoura, mais antiga do que aquela que na França estava a se evaporar e se despedaçar, ele fez-se ali senhor, ele *foi* ali o único senhor. Os grandes homens são necessários, a época em que surgem, contingente; o fato de que quase sempre chegam a se fazer senhores dela depende tão somente de que sejam mais fortes, de que sejam mais antigos, de que para ela se reuniram durante um tempo mais longo. Entre um gênio e sua época existe a mesma relação que se tem entre forte e fraco, também a de entre velho e jovem: a época é sempre relativamente muito mais jovem, mais tênue, mais imatura, mais incerta, mais infantil. O fato de que hoje na França se pense de modo *bem diferente* acerca disso (e também na Alemanha: mas isso não importa), o fato de que lá a teoria do *milieu* [do meio], uma verdadeira teoria de neuróticos, tenha se tornado sacrossanta e quase científica, com mesmo os fisiólogos a crer nela, isso "não cheira bem", é algo a provocar pensamentos tristes. Tampouco na Inglaterra se pensa de modo diferente, mas ninguém se afligirá com isso. Para os ingleses há apenas dois modos de se conformar ao gênio e ao "grande homem": ou o *democrático*, à maneira de Buckle,[13] ou o *religioso*, à maneira de Carlyle. O *perigo* que se

---

13. Henry Thomas Buckle (1821-1862), historiador inglês, autor de *História da civilização*, obra que Nietzsche teria lido em 1887, citando o autor também na *Genealogia da moral*, I, 4. Adepto do positivismo historiográfico, Buckle propunha um novo tipo de história que, apoiada em ciências como a estatística, e enfatizando condicionantes geográficos, pudesse

encontra nos grandes homens e nas grandes épocas é extraordinário; o esgotamento de todo tipo, a esterilidade os seguem nos calcanhares. O grande homem é um fim; a grande época, como exemplo a Renascença, é um fim. O gênio – em obra, em ação – é necessariamente um dissipador: *em tudo gastar* está a sua grandeza... O instinto de autoconservação é como que suspenso; a avassaladora pressão das forças transbordantes proíbe-lhe toda salvaguarda e toda cautela desse tipo. A isso se chama "sacrifício"; louva-se aí o seu "heroísmo", a sua indiferença ante o seu próprio bem, a sua entrega a uma ideia, a uma grande causa, a uma pátria: tudo mal-entendidos... Ele se derrama, ele se transborda, e se consome, não se poupa – de maneira fatídica, funesta, involuntária, como o involuntário transbordamento de um rio sobre suas margens. Mas como é muito o que se deve a tais explosivos, a eles também muito se presenteou, por exemplo, uma espécie de moral *mais elevada*... Esta é bem a forma da gratidão humana: ela *compreende mal* seus benfeitores.

45

O criminoso e o que lhe é aparentado. O tipo criminoso é o tipo do homem forte sob condições desfavoráveis, um homem que tornaram doente. A ele falta a mata virgem, algo de uma natureza e forma de existir mais livre e mais perigosa, na qual tudo o que no instinto do homem forte é arma de ataque e defesa *tenha o direito de existir.* Suas *virtudes* têm sido banidas pela sociedade; seus mais vivazes impulsos, que lhe são inatos, de pronto se mesclam aos afetos depressivos, à suspeita, ao medo, à desonra. Porém isso é quase a *receita* para a degeneração fisiológica. Quem tem de fazer em segredo, com prolongada tensão, cautela, astúcia, o que faz melhor e mais gostaria de fazer, torna-se anêmico; e como de seus instintos ele só colhe o perigo, a perseguição, o infortúnio, também seu sentimento se volta contra tais instintos – ele se sente fatalista. É na sociedade, em nossa domesticada, medíocre, castrada sociedade, em que um homem crescido na natureza, vindo das montanhas ou das aventuras do mar, necessariamente degenera em criminoso. Ou quase que necessariamente: pois há casos em que tal homem se prova mais forte do que a sociedade

---

descobrir as leis gerais – em discordância, por exemplo, com os "grandes homens" – que estariam a organizar as sociedades humanas e a provocar os grandes fatos históricos.

IX. INCURSÕES DE UM EXTEMPORÂNEO 99

– o corso Napoleão é o caso mais célebre. Para o problema que temos diante de nós, importante é o testemunho de Dostoiévski – Dostoiévski, o único psicólogo, diga-se de passagem, de que eu aprendi alguma coisa: está entre os mais belos acasos de minha vida, mais até do que a descoberta de Stendhal. Esse *homem profundo*, que dez vezes teria direito a menosprezar os superficiais alemães, teve uma impressão bem diferente da que ele próprio esperava dos presidiários siberianos, entre os quais viveu por muito tempo, todos eles autores de crimes graves, para os quais já não havia nenhum caminho de volta à sociedade – a impressão foi algo como a de estarem talhados da madeira melhor, mais dura e mais valiosa, que chegou a crescer em solo russo. Generalizemos o caso do criminoso: imaginemos naturezas que, por algum motivo, careçam da anuência pública, naturezas que saibam não serem percebidas como benéficas, como úteis – imaginemos esse sentimento de chandala, de não ser considerado como igual, mas sim como excluído, indigno, purificador. Todas essas naturezas têm em pensamentos e ações a cor do subterrâneo; nelas tudo se torna mais pálido do que nas outras, sobre cuja existência vem pousar a luz do dia. Mas quase todas as formas de existência que hoje temos por destacadas um dia viveram nessa atmosfera semissepulcral: o caráter científico, o artista, o gênio, o espírito livre, o ator, o comerciante, o grande descobridor... Enquanto o *sacerdote* foi considerado o tipo supremo, *toda* espécie valorosa de homens se desvalorizou... Aproxima-se o tempo – eu prometo – em que ele será tido pelo *mais baixo*, pelo nosso chandala, pela espécie de homem mais mentirosa, como a mais indecente. Faço atentar para o fato de que ainda agora, sob o mais brando regime de costumes que já dominou sobre a Terra, pelo menos na Europa, todo estar à margem, todo longo, demasiado longo, *estar por baixo* e toda forma de existir inabitual e impenetrável de existência sugerem aquele tipo que o criminoso conduz à perfeição. Durante algum tempo, todos os inovadores do espírito trazem à testa o sinal pálido e fatalista do chandala: *não* porque assim foram percebidos, mas porque eles próprios sentem o terrível abismo que os separa de tudo o quanto é tradicional e respeitado. Quase todo gênio conhece, como um de seus desenvolvimentos, a "existência catilinária", um sentimento de ódio, raiva e rebelião contra tudo o quanto é belo, contra tudo o que já não *se torna*... Catilina – a forma de preexistência de *todo* César.

46

Aqui a visão é livre.[14] Pode ser elevação da alma quando o filósofo cala; pode ser amor, quando ele contradiz; no homem de conhecimento, é possível uma cortesia que mente. Não sem sutileza se disse: *"il est indigne des grands coeurs de répandre le trouble, qu'ils ressentent"*:[15] aqui se deve acrescentar que não temer *o mais indigno* pode igualmente ser grandeza de alma. Uma mulher que ama sacrifica a sua honra; um homem do conhecimento que "ama" talvez sacrifique a sua masculinidade; um Deus que amava se fez judeu...

47

A liberdade não é acaso. Também a beleza de uma raça ou de uma família, sua graça e benevolência em todos os gestos, é algo que se obtém pelo trabalho: tal qual o gênio, elas são o resultado final do trabalho acumulado de gerações. É preciso ter feito grandes sacrifícios ao bom gosto, é preciso ter feito e deixado de fazer em favor dele – o século XVII na França é digno de admiração em ambos os casos –, é preciso ter tomado o bom gosto como princípio de seleção para escolher as companhias, o lugar, a vestimenta, a satisfação sexual, é preciso ter preferido a beleza à vantagem, ao hábito, à opinião, à indolência. Diretriz suprema: é preciso "não se deixar ir" nem mesmo adiante de si mesmo. As coisas boas são sobremaneira custosas: e sempre vale a lei de que quem as *possui* é diferente de quem as *conquista*. Tudo o que é bom é herdado: o que não é herdado é imperfeito, é começo... Na Atenas do tempo de Cícero, que com isso manifesta a sua surpresa, os homens e os jovens em muito superavam as mulheres em beleza: mas quanto trabalho e esforço a serviço da beleza o sexo masculino não havia exigido de si durante séculos! Mas que não nos enganemos quanto ao método: um mero cultivo de sentimentos e pensamentos é quase zero (e aqui reside o grande equívoco da formação alemã, que é completamente ilusória): deve-se primeiro convencer o *corpo*. A estrita observância de gestos significativos e selecionados, um obrigar-se a viver com homens que "não se deixam ir", é algo perfeitamente suficiente para que se chegue a ser importante e seleto: em duas, três gerações tudo está já *internalizado*. É decisivo para a sorte do povo e da humanidade que se comece a cultura

---

14. A citação é do *Fausto* de Goethe, parte II, ato V.
15. Nietzsche extrai essa citação de Arvéde Barine, "George Eliot, d'après sa correspondance." In: *Revue des deux monde*, 1. Julho de 1885, p. 121.

pelo lugar *certo* – não pela "alma" (como era a superstição fatídica de sacerdotes e semissacerdotes): o lugar certo é o corpo, os gestos, a dieta, a fisiologia, o *restante* daí se segue... Por isso, os gregos se mantêm o *primeiro acontecimento cultural* da história – eles sabiam, eles *faziam* o que era necessário; o cristianismo, que desprezou o corpo, foi até agora a maior desgraça da humanidade.

48

Progresso sob o meu sentido. Também eu falo em "retorno à natureza", ainda que não seja propriamente um retorno, mas sim um *ascender* – ascender à natureza e à naturalidade elevada, livre, mesmo terrível, que joga e *tem o direito a* jogar com grandes tarefas... Para dizê-lo com uma *alegoria*: Napoleão foi um fragmento de "retorno à natureza", tal como eu a compreendo (por exemplo, *in rebus tacticis* [em questões táticas], mais ainda, como sabem os militares, em questões estratégicas). Porém Rousseau – para onde ele queria propriamente retornar? Este primeiro homem moderno, idealista e *canaille* [canalha] em uma única pessoa; ele, que tinha a necessidade da "dignidade" moral para suportar o seu próprio aspecto; doente de desenfreada vaidade e desenfreado autodesprezo. Também esse aborto, que se postou no limiar dos novos tempos, queria um "retorno à natureza" – para onde, perguntando ainda uma vez, Rousseau queria retornar? Odeio Rousseau, mesmo *na* Revolução: esta é a expressão histórico-universal dessa duplicidade entre idealista e *canaille*. A *farce* [farsa] sanguinolenta com que essa Revolução se fez passar, sua "imoralidade", isso me importa pouco: tenho ódio é à sua moral rousseauísta – as assim chamadas "verdades" da Revolução, com as quais ela continua a produzir efeitos e a persuadir tudo o quanto há de raso e mediano. A teoria da igualdade!... Mas não há veneno mais venenoso do que este: pois ela *parece* ser a pregação da própria justiça enquanto é o *final* da própria justiça... "Igualdade para os iguais, desigualdade para os desiguais – *este* seria o verdadeiro discurso da justiça: e, o que daí se segue, jamais igualar o desigual." O fato de que em torno dessa teoria da igualdade tenha havido acontecimentos tão horríveis e sangrentos conferiu a essa "ideia moderna" *par excellence* uma espécie de glória e esplendor, de modo que como *espetáculo* a Revolução seduziu até mesmo os mais nobres espíritos. Mas aí não se tem motivo para apreciá-la mais. Vejo apenas um que a sentiu como se a deve sentir, com *náusea* – Goethe...

49

Goethe – não um acontecimento alemão, mas europeu: um intento grandioso de sobrepujar o século XVIII por um retorno à natureza, por um *ascender* à naturalidade do Renascimento, por uma espécie de autossuperação da parte daquele século. Goethe trazia em si seus instintos mais fortes: a sensibilidade, a idolatria da natureza, o anti-histórico, o idealista, o irreal e revolucionário (este último é apenas uma forma do irreal). Recorreu à história, à ciência da natureza, à Antiguidade, mesmo a Spinoza, sobretudo à atividade prática; cercou-se de horizontes puramente fechados; não se desligou da vida, imiscuiu-se nela; não se desalentou e tomou o máximo possível para si, sobre si, em si. O que ele queria era a *totalidade*; combateu a separação entre razão, sensibilidade, sentimento, vontade (desunião que, com espantosa escolástica, foi pregada por *Kant*, o antípoda de Goethe), ele disciplinou-se para a integralidade, a si mesmo *criou*... Em meio a uma época de sentimentos irreais, um realista convicto: disse sim a tudo o quanto nesse ponto lhe era aparentado – não teve vivência maior do que aquele *ens realissimum* [ser realíssimo], chamado Napoleão. Goethe concebia um homem forte, de cultura elevada, de destreza em atividades corporais, a deter as rédeas de si mesmo, que sente respeito por si mesmo, que pode se permitir o inteiro âmbito e a riqueza da naturalidade, que é suficientemente forte para essa liberdade; o homem da tolerância, não por fraqueza, mas por fortaleza, porque sabe empregar em proveito próprio o que faria perecer a uma natureza mediana; o homem para o qual já nada há de proibido, a não ser *fraqueza*, chame-se ela vício ou virtude... Um tal espírito *tornado livre,* com alegre e confiado fatalismo, se acha em meio a tudo, à *fé* de que apenas o isolado é censurável, de que no conjunto tudo se redime e se afirma – *ele já não nega*... Porém essa crença é a mais elevada de todas as crenças possíveis: eu a batizei com o nome de *Dioniso*.

50

Poder-se-ia dizer que em certo sentido o século XIX ansiou por tudo o que *também* Goethe como pessoa ansiara: uma universalidade no compreender, no aprovar, um deixar que tudo se aproxime das coisas, um realismo temerário, um respeito para com todos os fatos. O que acontece que o resultado integral não vem a ser um Goethe, mas um caos, um suspiro niilista, um não-saber-aonde-ir, um instinto de cansaço, que *in praxi* [na prática] continuamente convida *a regressar ao século XVIII?* (por exemplo, como sentimento romântico, como altruísmo e hipersentimentalidade, como feminismo no gosto, como socialismo na política). Não será o século XIX, sobretudo em seu final, um mero século XVII reforçado, *brutalizado,* e isso significa um século da *décadence?* De modo que Goethe teria sido não apenas para a Alemanha, mas para toda a Europa, não mais do que um incidente, uma bela gratuidade? Mas compreendemos mal os grandes homens quando os contemplamos pela miserável perspectiva de uma vantagem pública. O fato de não sabermos extrair deles utilidade alguma, talvez *mesmo aí já resida a sua grandeza...*

51

Goethe é o último alemão pelo qual tenho respeito: ele sentiu três coisas que eu sinto – nós nos entendemos também no que diz respeito à "cruz"[16]... Com frequência me perguntam para quem propriamente escrevo *em alemão*: em parte alguma sou lido de maneira pior do que em minha pátria. Mas quem saberá, em última instância, se eu também ao menos *desejo* ser lido hoje? Criar coisas nas quais o tempo em vão tentará fincar os dentes; esforçar-se por conseguir, na forma, *em substância,* uma pequena imortalidade – jamais fui modesto o bastante para exigir menos de mim mesmo. O aforismo, a sentença, nos quais sou o primeiro a ser mestre entre os alemães, são as formas da "eternidade"; minha ambição é dizer em dez frases o que todos os outros dizem em um livro – o que todos os outros *não* dizem em um livro...

Dei à humanidade o livro mais profundo que ela possui, o meu *Zaratustra*: darei a ela, em breve, o mais independente.[17]

---

16. A referência que aqui se faz é a um dos *Epigramas venezianos* de Goethe, o 66, no qual o poeta fala das coisas que o repugnam, a saber, em número de "quatro: o fumo do tabaco, insetos, o alho e a †" [*Viere: Rauch des Tabaks, Wanzen und Knoblauch und †*].

17. Com "livro mais independente", Nietzsche se refere à segunda das tetralogias a que nos referimos no texto de apresentação (a primeira tetralogia por ele intentada foi *Vontade de potência*), a saber, *A transvaloração dos valores,* conforme se lê em carta do filósofo a Metta von Salis, de 7 de setembro de 1888: "Ano que vem vou me decidir a dar à imprensa o livro mais independente que existe, minha *transvaloração de todos os valores...*"

X. O QUE DEVO AOS ANTIGOS

1

Para concluir, uma palavra sobre aquele mundo para o qual busquei acessos, para o qual eu talvez tenha encontrado um novo acesso – o mundo antigo. Meu gosto, que talvez seja a antítese de um gosto transigente, também aqui está longe de dizer integralmente sim: em geral não lhe apraz dizer "sim", prefere dizer "não", e prefere não dizer absolutamente nada... Isso vale para culturas inteiras, vale para livros – vale também para lugares e paisagens. No fundo são bem poucos os livros antigos que em minha vida contam; os mais célebres não estão entre eles. Meu sentido para o estilo, para o epigrama como estilo, desperto de modo quase instantâneo no contato com Salústio.[1] Não esqueci do espanto de meu venerável professor Corssen[2] quando teve de dar a melhor de todas as notas a seu pior aluno de latim –, fiz tudo de um solavanco. Conciso, austero, com a maior substância possível no fundo, uma fria malícia contra a "palavra bela", também contra "o sentimento belo" – nisso a mim mesmo adivinhei. Em mim, e mesmo em meu *Zaratustra*, uma ambição muito séria, pelo estilo *romano*, pelo *"aere perennius"*[3] [perenidade mais duradoura que a do bronze] se dará a reconhecer no estilo. Não foi diferente o que comigo se passou no primeiro contato com Horácio. Até hoje com poeta algum senti arrebatamento artístico igual ao que desde o início me tomou com uma ode horaciana. Em algumas línguas o que foi ali alcançado nem ao mesmo se pode *querer*. Esse mosaico de palavras, onde cada uma delas transborda a sua força como som, como lugar, como conceito, para a direita e para a esquerda e por sobre o todo, esse *minimum* em extensão e número de signos, esse *maximum* assim obtido na energia dos signos – tudo isso é romano e, se quiserem me crer, aristocrático

---

1. Salústio (86 a.C.–34 a.C.), poeta e escritor latino, especialmente admirado já pelo Nietzsche filólogo. No *Ecce homo* (seção "Por que sou tão esperto"), o filósofo afirma tê-lo por referência de estilo.
2. Wilhelm Paul Corssen (1820-1875), filólogo alemão, professor muito admirado por Nietzsche na escola de Pforta.
3. "Mais duradouro do que o bronze": a citação é das *Odes*, do poeta romano Horácio (65 a.C.-8 a.C.). Nietzsche faz essa mesma citação em seu *Humano, demasiado humano*, I, cujo aforismo 22 se intitula "Descrença no '*monumentum aere pernnius*'" [monumento mais duradouro que o bronze].

106 FRIEDRICH NIETZSCHE

par excellence. Todo o restante de poesia, ao contrário, torna-se algo demasiado popular – mera charlatania sentimental...

2

Aos gregos de modo algum devo impressões assim tão intensas; e, para expressá-lo diretamente, eles não *podem* ser para nós o que são os romanos. Não se *aprende* com os gregos – tão estranho é seu modo de ser, e também demasiado fluido para produzir um efeito imperativo, "clássico". Quem algum dia teria aprendido a escrever com um grego! Quem algum dia o teria aprendido *sem* os romanos!... E não me teçam objeções com Platão. Na relação com Platão sou um rematado cético e jamais fui capaz de me pôr de acordo com a admiração pelo Platão *artista*, que é tradicional entre os eruditos. Por fim, aqui do meu lado tenho os mais refinados juízes do gosto entre os próprios antigos. A meu ver, Platão lança confusamente todas as formas de estilo, e com isso é um primeiro *décadent* do estilo:[4] na consciência tem culpa semelhante à dos cínicos, que inventaram a *satura Menippea* [sátira menipeia].[5] Para ver algum atrativo no diálogo platônico, essa espécie espantosamente presunçosa e pueril de dialética, é preciso que jamais se tenha lido os bons franceses – Fontenelle, por exemplo. Platão é entediante. Em última instância, minha desconfiança para com Platão vai às profundezas: a tal ponto eu o acho desgarrado de todos os instintos fundamentais dos helenos, a tal ponto moralizado, e tão antecipadamente cristão – ele tem já o conceito de "bom" como conceito supremo –, que para o inteiro fenômeno Platão eu usaria antes a dura expressão "intrujice superior" ou, se se preferir ouvir, idealismo, a qualquer outra. Pagou-se caro para que esse ateniense fosse à escola dos egípcios (ou dos judeus no Egito?...). Na grande fatalidade do cristianismo, Platão é aquele "ideal" chamado ambiguidade e fascínio, a possibilitar que as naturezas aristocráticas da Antiguidade a si próprias se entendessem mal e tomassem a *ponte* que levou à "cruz"... E quanto de Platão ainda há no conceito "Igreja", na construção, no sistema, na práxis da Igreja! Meu repouso, minha predileção, minha cura de todo platonismo foi, a todo tempo,

---

4. Sobre a *décadence*, cf. nota 11 da "Introdução", p. 18; e nota 2 do capítulo 2, "O problema de Sócrates", p. 36.

5. A sátira menipeia foi um gênero literário surgido e nomeado em referência a Menipo de Gadara, filósofo cínico e escritor da Antiguidade, cujas obras quase todas se perderam. Menipo influenciou importantes autores do período com seu estilo e assuntos que se dispunham misturados (como a prosa e o verso) e mesmo desconexos.

Tucídides. Tucídides e, talvez, o *Príncipe* de Maquiavel me são os mais aparentados, em razão de sua vontade incondicionada, de não se deixar iludir e enxergar a razão na *realidade* – *não* na "razão", menos ainda na "moral"... do deplorável embelezamento em cores, nessa idealização dos gregos, que o jovem "de formação clássica" extrai como paga por seu adestramento ginasial na vida, pois disso nada cura mais radicalmente do que Tucídides.[6] É preciso revirá-lo linha a linha e decifrar seus pensamentos de fundo com a mesma nitidez que suas palavras: há poucos pensadores tão ricos em pensamentos de fundo. Nele vem se expressar à perfeição a *cultura dos sofistas*, quero dizer, a *cultura dos realistas*: esse inestimável movimento em meio à intrujice moral e ideal da escola socrática. A filosofia grega como a *décadence* do instinto grego; Tucídides como a grande soma, como a última revelação daquela objetividade forte, rigorosa e dura que jazia nos instintos dos antigos helenos. A *coragem* ante a realidade diferencia-se, em última instância, de naturezas como as de Tucídides e Platão: Platão é um covarde ante a realidade – *por conseguinte*, refugia-se no ideal; Tucídides tem a si sob domínio, e, por conseguinte, tem também as coisas sob domínio...

3

Aventar nos gregos "belas almas",[7] "áureas mediocridades" e outras perfeições, ou neles admirar a calma na grandeza, a mentalidade ideal, a simplicidade elevada – dessa "simplicidade elevada",[8] que no fundo é uma *niaserie allemande* [bobagem alemã], fui protegido pelo psicólogo que trago em mim. Eu vi seu mais forte instinto, a vontade de potência, eu os vi

---

6. O historiador Tucídides, autor de *A guerra do Peloponeso* – a quem o filósofo manifestou preferência com relação a Platão (em *Aurora* 168) – é frequentemente citado nos escritos de Nietzsche, ou seja, nos fragmentos que não publicou, em suas cartas, e também nas obras, como em *Humano, demasiado humano*, aforismos 92, 261 e 474, em *O andarilho e sua sombra*, aforismos 31 e 144, e em *Aurora*, 168.

7. A expressão "almas belas" (*schöne Seele*), de autoria do helenista e historiador da arte Johann Joachin Winckelman, popularizou-se na Alemanha sobretudo com *Os anos de aprendizado de Wilhelm Meister*, de Goethe, cujo capítulo IV é intitulado "Confissões de uma bela alma". O uso da expressão por Nietzsche aqui, como em outros momentos de sua obra, é francamente irônico.

8. Também aqui se tem uma citação de Winckelmann, autor da expressão "*edle Einfalt und stille Grosse*" [nobre simplicidade e tranquila grandeza] em sua obra *Gedanken über die Nachahmung der griechischen Werke in der Malerei und Bildhauerkunst* [Pensamentos sobre a imitação das obras gregas na pintura e na escultura]. Também aqui Nietzsche ironiza algo que era tema frequente das conversas eruditas ou cultas na Alemanha, em referência a uma imagem que se fazia dos gregos.

108 FRIEDRICH NIETZSCHE

estremecer ante o poder desenfreado desse impulso, eu vi todas as suas instituições nascerem de medidas preventivas, a fim de que se resguardassem uns aos outros de seu íntimo *material explosivo*. A enorme tensão no interior descarregava-se então em hostilidade terrível e brutal para o exterior: as cidades se trucidavam entre si, para que os cidadãos de cada qual tivessem trégua de si mesmos. Tinha-se necessidade de ser forte: o perigo estava próximo, espreitava por toda parte. A magnífica agilidade corporal, o realismo e o imoralismo temerários, próprios do heleno, aí se tem uma *necessidade*, não uma natureza. Deu-se apenas como consequência, não esteve ali desde o início. E com festins e artes tampouco se queria outra coisa que não sentir-se *superior, mostrar-se* superior: são meios para se autoglorificar, e, sob certas circunstâncias, para inspirar temor de si... Julgar os gregos por seus filósofos, à maneira alemã, usar, por vezes, a bonomia das escolas socráticas para explicar *o que* no fundo seria helênico... Os filósofos são, sim, os *décadents* da grecidade, o contramovimento contra o gosto antigo e aristocrático (contra o instinto agonal, contra a pólis, contra o valor da raça, contra a autoridade da tradição). As virtudes socráticas foram apregoadas *porque* os gregos as tinham perdido: excitáveis, medrosos, inconstantes, comediantes, tinham um tanto de razões para deixar que lhes apregoassem moral. Não que isso tivesse ajudado em alguma coisa: mas grandes palavras e atitudes caem muito bem em *décadents*...

4

Fui o primeiro que, para a compreensão do antigo, ainda rico e mesmo transbordante instinto helênico, levou a sério aquele maravilhoso fenômeno que traz o nome de Dioniso: faz-se explicável unicamente pelo *excesso* de força. Quem se entrega ao exame dos gregos faz como o mais profundo conhecedor de sua cultura em nosso tempo, Jacob Burckhardt, da Basileia, que logo se deu conta de que ali algo se realizava: à sua *Cultura dos gregos*,[9] Burckhardt acrescentou uma seção especial sobre o referido

---

9. Jacob Burckhardt (1818-1897), historiador da arte, foi colega de Nietzsche na Universidade da Basileia. Embora tenha publicado inúmeras obras de história, história da arte e da cultura, a abarcar da Antiguidade à época moderna, não chegou a publicar a obra aqui referida, *Cultura dos gregos*. Mas deve-se observar que justamente a sua concepção sobre os gregos exerceu profunda influência sobre Nietzsche, sendo perceptível em *O nascimento da tragédia* e nos escritos preparatórios para a obra. Como se vê pela referência aqui em questão, Nietzsche reverenciava Burckhardt, e na verdade como a quase nenhum outro contemporâneo, e durante todo o seu percurso intelectual, por mais que a tal admiração Burckhardt respondesse com uma atitude esquiva.

fenômeno. Se se quiser o contrário disso, veja-se a quase regozijante pobreza instintual dos filólogos alemães quando chegam às proximidades do dionisíaco. O célebre Lobeck[10] certa vez, com a venerável segurança de um verme dissecador entre livros, penetrou nesse mundo de estados misteriosos e com isso se convenceu de que ser científico era ser superficial e infantil até a náusea – com grande dispêndio de erudição, Lobeck deu a entender que essas curiosidades todas não significam propriamente coisa alguma. De fato, os sacerdotes podem ter informado os partícipes de tais orgias de algo não desprovido de valor, por exemplo, que o vinho suscita o prazer, que em certas circunstâncias o homem pode viver de frutos, que as plantas florescem na primavera e murcham no outono. Quanto à proveniência orgiástica daquela estranha riqueza de ritos, símbolos e mitos, a inteira e literalmente pulular no mundo antigo, Lobeck ali encontra ensejo para galgar um grau a mais em engenhosidade. "Os gregos, disse em *Aglaophamus*, I, 672, quando não tinham nada mais a fazer, riam então, e pulavam e corriam de um lado para o outro, ou, uma vez que o homem tem prazer também aí, sentavam-se, choravam e lamentavam. *Outros* vieram mais tarde, e buscaram algum motivo para índole tão surpreendente; e foi assim que surgiram, a explicar esses costumes, aquele sem-número de lendas festivas e mitos. Por outro lado se acreditou que aquelas *atividades burlescas* a se dar nos dias de festa também necessariamente pertenciam à celebração festiva, sendo assim conservadas como parte imprescindível do serviço divino." Isso é charlatanice desprezível, e nem por um instante se levará a sério esse Lobeck. De modo bem diferente somos tocados ao pôr à prova o conceito de "grego", que Winckelmann e Goethe formaram para si e encontraram-no incompatível com o elemento do qual nasce a arte dionisíaca – o orgiástico. Na verdade não duvido de que Goethe, por uma questão de princípio, tenha excluído algo assim das possibilidades da alma grega. *Consequentemente, Goethe não compreendeu os gregos*. Pois só mesmo nos mistérios dionisíacos, na psicologia do estado dionisíaco, vem se expressar o fato fundamental do instinto helênico – sua "vontade de vida". O que garantiam os helenos com esses mistérios? A vida *eterna*, o retorno eterno da vida; o futuro prometido e consagrado no passado; o sim triunfante à vida por sobre a morte e a mudança; a vida *verdadeira*

---

10. Christian A. Lobeck (1781-1860), filólogo e helenista alemão. Sua obra mais importante é justamente o *Aglaophamus de Theologiae mysticae Graecorum causis*. Como o nome em latim sugere, assim como o próprio texto de Nietzsche, trata-se de uma obra sobre cultos de mistérios da Antiguidade, e a referência do filósofo é, também aqui, prenhe de ironia.

como sobrevivência coletiva pela geração, pelos mistérios da sexualidade. Por isso, para os gregos o símbolo *sexual* era o símbolo venerável em si, o verdadeiro sentido profundo no interior da inteira piedade antiga. Cada detalhe do ato da geração, da gravidez, do nascimento, despertava os mais elevados e solenes sentimentos. Na doutrina dos mistérios, a *dor* se faz santificada: as "dores da parturiente" santificam a dor enquanto tal – todo o vir-a-ser e crescer, tudo o quanto é garantia de futuro, *condiciona* a dor... Com isso se tem o prazer de criar, com isso a vontade de vida a si mesmo se afirma eternamente, e tem também de existir eternamente o "tormento da parturiente". Tudo isso significa a palavra "Dioniso": não conheço simbologia mais elevada que a desta *simbologia grega*, a de Dioniso. Nela se encontra o instinto mais profundo da vida, o do futuro da vida, o da eternidade da vida, religiosamente sentida – o próprio caminho para a vida, a procriação como a *via* sagrada... Só mesmo o cristianismo, com seu basilar ressentimento *contra* a vida, fez da sexualidade algo impuro: lançou imundícies no início, no pressuposto de nossa vida...

5

A psicologia do orgiástico como um transbordante sentimento de vida e força, no seio do qual mesmo a dor atua como estimulante, deu-me a chave para o conceito do sentimento *trágico*, que foi mal compreendido tanto por Aristóteles como, especialmente, por nossos pessimistas. A tragédia encontra-se tão longe de ser algo a provar o pessimismo dos helenos no sentido de Schopenhauer que muito mais deve ser tomada como a terminante rejeição e como *instância contrária* a ele. Dizer sim à própria vida mesmo em seus problemas mais estranhos e duros; a vontade de vida, a regozijar-se de sua própria inesgotabilidade em sacrifício de seus mais elevados tipos – a isso eu chamo dionisíaco, *isso* foi o que adivinhei como ponte para a psicologia do poeta *trágico*. Não para desembaraçar-se do pavor e da compaixão, não para se purificar de um afeto poderoso mediante veemente descarga – assim o compreendeu Aristóteles: mas, sim, para, indo além do pavor e da compaixão, *sermos nós mesmos* o prazer eterno do vir-a-ser – aquele prazer que encerra em si também o *prazer de destruir*... E com isso torno a tanger o ponto do qual outrora eu parti – o "Nascimento da tragédia" foi minha primeira transvaloração de todos os valores: com isso torno a me situar outra vez no terreno do qual brotam meu *querer*, meu *poder* – eu, o último discípulo do filósofo Dioniso; eu, o mestre do eterno retorno...

FALA O MARTELO

ASSIM FALOU ZARATUSTRA, III, 90[1]

"Por que tão duro!", dizia outrora ao diamante o carvão de cozinha; "pois não somos parentes próximos?".

Por que tão mole? Ó meus irmãos, assim eu vos pergunto: não sois vós meus irmãos?

Por que tão moles, tão amolecentes e dispostos a ceder? Por que há tanta negação, tanta resignação em vossos corações? Tão pouco destino em vosso olhar?

E se não quereis ser destinos nem implacáveis: como poderíeis comigo vencer?

E se vossa dureza não quer relampear e cortar e retalhar: como poderíeis alguma vez comigo criar?

Os criadores, por certo que são duros. E bem-aventurança terá de vos parecer imprimir vossa mão sobre milênios como se fossem de cera.

Bem-aventurança, escrever sobre a vontade de milhares de anos como sobre o bronze — mais duros que o bronze, mais nobres que o bronze. Inteiramente duro é somente o mais nobre de todos.

Esta nova tábua, ó meus irmãos, eu as ponho sobre vós: fazei-vos duros!

---

1. Cf. *Assim falou Zaratustra*, "Das velhas e novas tábuas", § 29 (trad. Saulo Krieger. São Paulo, Edipro, 2020, p. 194).

Este livro foi impresso pela PlenaPrint Gráfica e Editora
em fonte Bembo sobre papel Pólen Bold 90 g/m²
para a Edipro no outono de 2020.